WERNER SCHMITZ

DER GEBRAUCH DER DEUTSCHEN PRÄPOSITIONEN

WERNER SCHMITZ

DER GEBRAUCH
DER
DEUTSCHEN PRÄPOSITIONEN

MAX HUEBER VERLAG

ISBN 3-19-00-1059-5
© 1964 Max Hueber Verlag München
11 10 9 1981 80 79 78 77
Die jeweils letzten Ziffern bezeichnen Zahl und Jahr des Druckes. Alle
Drucke dieser Auflage können nebeneinander benutzt werden.

Umschlaggestaltung: Peter Schiffelholz Stuttgart
Druck: esta-druck München
Printed in Germany

Vorbemerkung

Die Sammlung trägt den Titel »Der Gebrauch der deutschen Präpositionen«, um dadurch anzuzeigen, daß sie keine historischen und etymologischen, sondern ausschließlich praktische Ziele verfolgt. In allen Sprachen bereiten die Präpositionen dem Lernenden außergewöhnliche Schwierigkeiten und stellen an sein Sprachgefühl außergewöhnliche Anforderungen, besonders auch im Deutschen mit seinen feinen Unterscheidungen und seinen vielfach wechselnden Möglichkeiten.

Bei dem Versuch, den Gebrauch der deutschen Präpositionen ordnend zu erfassen, habe ich mich bemüht, in Einteilung und Formulierung die größte Klarheit zu erreichen, was in vielen Fällen schwierig ist. Die Reihenfolge ist die traditionelle nach den Fällen, und innerhalb dieser nach dem Alphabet. Nur beim Genitiv ist Zusammengehörendes in Gruppen geordnet. Ich habe auf eine Anordnung nach sachlichen Gesichtspunkten verzichtet, um dem Leser die Orientierung nicht zu erschweren. Es würde ihm aber großen Nutzen bringen, wenn er das sukzessive Fortschreiten öfter unterbräche, um »quer« zu lesen d. h., wenn er nicht nur die einzelnen Präpositionen in ihren verschiedenen Bedeutungen, sondern auch die einzelnen Bedeutungen (lokal, temporal, kausal, modal) quer durch alle Präpositionen hindurch verfolgte. Nur so können ihm die feineren Unterschiede richtig klar werden.

Außer den Verben mit präpositionalem Objekt sind auch die zusammengesetzten Verben aufgeführt von allen Präpositionen, die sowohl trennbare als auch untrennbare Verben bilden. Bildet dagegen eine Präposition entweder nur trennbare oder nur untrennbare Verben, so sind diese nicht aufgeführt und dafür die Wörterbücher nachzuschlagen.

Die gebrauchten Abkürzungen sind:

N	=	Nominativ	tr.	=	transitiv
G	=	Genitiv	intr.	=	intransitiv
D	=	Dativ	jm	=	jemandem
A	=	Akkusativ	jn	=	jemanden
i	=	idiomatisch	et.	=	etwas
s	=	sprichwörtlich	fig.	=	figurativ

Inhaltsverzeichnis

1. Präpositionen mit dem Akkusativ

DURCH

1. lokal

Die erste Bedeutung von DURCH ist *lokal* und bezeichnet eine Bewegung durch einen Raum oder Körper von einem Ende zum andern. Verstärkt heißt es *durch ... hindurch*, präzisiert *mitten durch, quer durch.)*

> *Der Zug fuhr durch einen Tunnel. – Der Schuß drang ihm mitten durch die Brust.*

s *Mit dem Hute in der Hand kommt man durch das ganze Land* = mit Höflichkeit.

i *Sie sind zusammen durch dick und dünn gegangen* = ihre Freundschaft bewährte sich in guten wie in schlechten Zeiten.

i *Er will mit dem Kopf durch die Wand* = gegen größte Hindernisse will er seine Absichten mit Unvernunft und Ungeduld verwirklichen.

i *jn durch den Kakao ziehen* = jn schlecht oder lächerlich machen

i *durch die Nase sprechen* = näseln

i *durch die Blume sprechen* oder *verblümt sprechen* = indirekt sprechen

i *sich et. durch den Kopf gehen lassen* = über et. nachdenken
> *Lassen Sie es sich (noch) einmal durch den Kopf gehen!* = Denken Sie (noch) einmal darüber nach!

i Er schrie so entsetzlich. *Es ging mir durch Mark und Bein* = ins Innerste.

i *durch die Bank* = im allgemeinen, ohne Ausnahme (wörtlich: von einem Ende der Bank zum anderen)

2. medial

Das *mediale* DURCH muß gut unterschieden werden vom *instrumentalen* MIT. Dieses steht bei einem Mittel (instrumentum), über das man beliebig verfügen kann, wogegen *durch* das Zwischenglied (intermedium) und die mit seiner Hilfe geschehende Vermittlung bezeichnet (vgl. S. 34 MIT instrumental).

Es heißt:
> *Schreiben Sie bitte mit Tinte, nicht mit Bleistift!*

es kann heißen:

Ich schicke Ihnen das Buch mit der Post oder *durch die Post.*

es muß heißen:

Ich schicke Ihnen das Buch durch meinen Boten.

DURCH gebrauchen wir also immer bei der Vermittlung durch Personen:

Ich habe sie durch meinen Freund kennengelernt.
Durch einen Bekannten habe ich von Ihrer Erkrankung erfahren.
Herr Prof. Ahrens läßt Sie durch mich grüßen. Er läßt Ihnen durch
mich sagen, ausrichten, bestellen, daß . . .

Handelt es sich um Sachen, so steht DURCH entweder 1., wenn wir über sie nicht willkürlich verfügen können, oder 2., wenn wir andeuten wollen, daß sie nicht so sehr als Mittel, sondern als Vermittler fungieren:

1. *Durch Zufall habe ich erfahren, daß . . .*
   Durch (un)glückliche Umstände ist es gekommen, daß . . .
   s *Durch Schaden wird man klug.*
2. *Er teilte mir gestern durch einen Brief mit . . .*
   »Hierdurch teile ich Ihnen mit, daß . . .« (= Anfang eines Ge-
   schäftsbriefes)
   Durch Beharrlichkeit kommt man zum Ziel.
   et. zu verstehen geben durch eine Andeutung, ein Zeichen, eine
   Geste
   et. erwerben durch Tausch, Kauf, Erbschaft, Betrug

Das mediale DURCH wird also häufig ohne Artikel gebraucht.

3. kausal

Die kausale Bedeutung von DURCH ist nur schwach ausgeprägt und eng mit der medialen verbunden, von der sie nur selten klar zu unterscheiden ist. Oft ist das kausale *durch* nichts anderes als ein unfreiwilliges mediales.

durch übermäßiges Rauchen usw. *seine Gesundheit ruinieren*
durch einen Unfall ums Leben kommen
   aber: *an den Folgen eines Unfalls sterben*
Durch den Krieg verlor Deutschland 5^1|$_2$ Millionen Menschen.
durch eigene Schuld, durch eigene Dummheit et. verlieren
sich unbeliebt, sich verdächtig machen durch
auffallen, sich verraten durch
sich eine Blöße geben durch
hervorragen, sich auszeichnen, sich hervortun durch

Beim Passiv nennt *von* den Urheber und *durch* die Ursache:

Der Kranke wurde von einem Spezialisten operiert.
   aber: *Er wurde durch eine geschickte Operation gerettet.*
Durch ein Stipendium wurde ihm die Möglichkeit gegeben, . . .
Lissabon wurde 1755 durch ein Erdbeben fast völlig zerstört.

Während es heißt:

Cäsar wurde im Jahre 44 v.Chr. VON *Brutus ermordet.*
Die Buchdruckerkunst wurde um 1438 VON *Gutenberg erfunden.*

heißt es immer:

die Ermordung Cäsars durch Brutus
die Erfindung der Buchdruckerkunst durch Gutenberg
die Entdeckung Amerikas durch die Wikinger

4. temporal

Zeitlich bezeichnet man mit DURCH die ununterbrochene Dauer, und zwar
durch nachgestelltes HINDURCH.

Die ganze Nacht hindurch habe ich keinen Schlaf finden können.
Das ganze Altertum hindurch hat man keine Straßennamen und
keine Hausnummern gekannt.
die ganze Zeit, die ganze Woche, den ganzen Monat, den ganzen
Sommer hindurch hat es kein einziges Mal geregnet
Es ist 2 Uhr durch = es ist kurz nach 2

Verben*)

Die ursprüngliche Bedeutung DURCH – HINDURCH hat sich nur bei wenigen
Verben anschaulich erhalten: *durchleúchten A* = röntgen.

eine List, einen Trick durchschaúen = als solche erkennen
eine Person durchschaúen = ihre geheimen Motive und Absichten
erkennen
durchscheinen, durchkommen (die untere von zwei verschieden-
farbigen Schichten *kommt durch* oder *scheint durch*)
durchlassen A = jn oder et. passieren lassen**)
durchblicken lassen A = et. zu verstehen geben
es durchfuhr, durchzuckte mich (plötzlich) *der Gedanke, die Be-*
fürchtung

Ein großer Teil der trennbaren Verben läßt sich zu Gruppen zusammenfassen, für die DURCH eine einheitliche Bedeutung hat:

a) *durch* = ohne anzuhalten (sämtlich intr.!)

durchgehen, -laufen, -fahren, -reisen, -schlafen

---

*) Da die meisten Verben trennbar sind, werden nur die untrennbaren kenntlich gemacht,
und zwar durch einen Akzent auf dem Stammverb.
**) Bei ›lassen‹ und den Modalverben läßt die Umgangssprache das Verb ›gehen‹ gerne
fort. Also statt ›durchgehen lassen‹ einfach ›durchlassen‹; statt ›darf ich durchgehen?‹ einfach
›darf ich durch?‹ Ebenso
  er will durch, hinein, hinauf
  ich muß zur Post, will ins Kino usw.

b) *durch* = auseinander, entzwei (tr. u. intr.)

   durchschneiden, -beißen, -brechen, -reißen

c) et. zur Kenntnisnahme, Orientierung oder Übung *durchgehen*, wie wir in allen diesen Fällen figurativ sagen können (sämtlich tr.!).

   einen Aufsatz, ein Manuskript durchsehen
   ein Buch durchlesen, durchblättern
   durchprobieren (für Proben aller Art)
   durchsprechen, -singen, -spielen

d) im Gegensatz zu c) et. gründlich tun (sämtlich tr.!)

   ein Buch durcharbeiten oder auch fig. *durchackern*
   ein Problem durchdénken
   das Gepäck durchsúchen (nach Schmuggelware) = kontrollieren
   jn durchhauen oder *durchbläuen* = gründlich verprügeln, bis er blau wird
   eine Frage, ein Problem durchkauen = gründlich durchsprechen
   durchnehmen (in der Schule: *der Lehrer nimmt die Präpositionen mit dem Akkusativ durch*)

e) et. von Anfang bis Ende erfassen

   durchzählen, durchrechnen
   ein Land durchwándern oder *durchreísen**) (vgl. dagegen a!)

f) zum Erfolg verhelfen

   eine Absicht, einen Plan, eine Reise durchführen = verwirklichen
   seinen Willen, seinen Kopf durchsetzen = seine Absicht verwirklichen
   sich durchsetzen (von Personen und Sachen: Ansichten, Neuerungen, Moden, Fabrikate, Waren u. dgl.) = die Widerstände und Konkurrenten schlagen, Erfolg haben
   parlamentarisch: *ein Gesetz durchbringen;* bei starkem Widerstand: *durchpauken* = zur Annahme bringen
   dagegen: *sein Geld, sein Vermögen durchbringen* = verschwenden, vergeuden
   durchkommen = Erfolg haben; *so, auf diese Weise kommen Sie* (mit Ihrer Absicht, Ihrem Plan) *nicht durch*
   durchhalten=Ausdauer haben, sich durch nichts überwinden lassen

g) im Gegensatz zu f) et. zunichte machen oder annullieren

   die Absichten, Pläne eines anderen durchkreúzen = vereiteln, zunichte machen
   ein Wort, einen Satz, eine Zeile durchstreichen

---

*) Von den beiden möglichen Formulierungen: *Wir sind durch das Moseltal gewandert* und *Wir haben das Moseltal durchwandert* besagt die erste, daß wir - übertrieben gesagt - unter anderem auch im Moseltal gewandert sind, während die zweite zum Ausdruck bringt, daß unsere Wanderung wirklich und eigens das ganze Moseltal erfaßt hat. Der Gebrauch des Kompositums stellt gegenüber dem normalen Gebrauch der Präposition eine *Intensivierung* dar. Vgl. z. B. auch: *Er schwimmt durch den Fluß* und *Er durchschwimmt den Fluß.*

h) Sonstiges

in einer Prüfung durchfallen = nicht bestehen
durchmachen A = erfahren, erleiden; z. B. *eine schwere Krankheit, jahrelange Armut, Arbeitslosigkeit* u. dgl. *durchmachen*
er muß viel durchmachen = es geht ihm schlecht
er hat viel durchmachen müssen = es ist ihm schlecht ergangen
sich kümmerlich durch(s Leben) schlagen = miserabel leben
»Wie geht es Ihnen?« – »*Ach, man schlägt sich so durch.*«
durchquéren ist ziemlich selten, im allgemeinen heißt *to cross, traverser, attraversare* im Deutschen ÜBER *quéren:* z. B. *eine Straße, eine Wiese, einen Platz, eine Brücke, einen Fluß, einen See, ein Meer überqueren.* Dagegen heißt es immer: *einen Park, einen Wald, ein Land durchqueren,* weil man sich hier nicht *auf* oder *über,* sondern *in* der betr. Lokalität befindet.

Idiomatisches

Meine Schuhe sind durch(gelaufen) = die Sohlen haben Löcher
Ist der Bus schon durch(gekommen)?
Er ist bei mir unten durch = er hat meine Sympathie für immer verloren, verspielt
durchaus (nicht) = wirklich (nicht)
durch und durch = ganz und gar
er ist durch und durch ein Ehrenmann
durchweg = durch die Bank = im allgemeinen, fast ohne Ausnahme
durcheinander; auch Nomen: *das Durcheinander, ein heilloses Durcheinander*
durcheinanderbringen = 1. konkret: et. in Unordnung bringen
                          2. fig.: et. verwechseln

FÜR

Im modernen Sprachgebrauch sind sämtliche Bedeutungen von FÜR abstrakt.

1. bezeichnet FÜR das **Förderliche** einer Aktion, d. h., daß sie zugunsten, zum Nutzen und Vorteil, im Interesse einer Person oder Sache geschieht.

sorgen für: Die Polizei sorgt für Ordnung. – Der Vater arbeitet für seine Familie.
jn einnehmen, gewinnen für einen Plan, für sich
kämpfen, eintreten, sich einsetzen für
sterben, sein Leben lassen für seine Überzeugung, die Freiheit
bitten, beten für
garantieren, bürgen, sich verbürgen für

einstehen, haften für
stimmen, plädieren für
Interesse, Vorliebe, Schwäche, Begeisterung für
sich interessieren, schwärmen, sich begeistern, eingenommen sein für

Hierher gehören auch die Ausdrücke der Teilnahme:

Das freut mich für Sie. Das tut mir leid für Sie.
Ich hoffe für ihn, daß . . .
Ich fürchte für seine Gesundheit.
Ich habe mich für ihn geschämt.
i *Die Sache hat viel für sich* = ist sehr plausibel
alles, nichts spricht für diese Ansicht, dafür, daß . . .
das spricht für ihn, seinen Charakter, seine Verläßlichkeit usw. =
ist ein Zeichen, Beweis seines guten Charakters, seiner Verläßlichkeit usw.

2. bezeichnet FÜR den **Zweck** und die **Bestimmung** einer Aktion oder Sache.
(Berührt sich oft mit 1.)

Ich kaufe ein Geschenk für meinen Freund. – Der Student lernt
für sein Examen. – Er spart für sein Alter. – Die Tiere sammeln Vor-
räte für den Winter.
Gibt es heute keine Post für mich? – Doch, hier ist ein Brief für Sie.
viel Geld ausgeben, verschwenden für Zigaretten, für seine Liebhabe-
reien
Vorschrift, Gebrauchsanweisung für
Spezialist für
Platz für viele, alle
ein Tisch für acht Personen
Dieses Geschenk ist für Ihre Frau bestimmt.

Hierher gehört auch der scheinbar temporale Gebrauch von FÜR:

für heute, für diesmal ist es genug
für immer, für ewig; emphatisch: *für immer und ewig*
ein für allemal

Dagegen wird eine konkrete Dauer im Deutschen stets ohne Präposition
durch den reinen Akkusativ angegeben:

Sie blieben nur einen Tag. – Er geht ein halbes Jahr ins Ausland. –
Wir mußten einen ganzen Monat warten.

3. bezeichnet FÜR die **Stellvertretung**: jemand oder etwas steht oder tritt
an die Stelle von jemand oder etwas anderem.

Ich werde einen Vertreter für mich schicken.
er arbeitet, ißt für zwei
halten für A: Wir halten ihn für einen bedeutenden Musiker.
(aber: gelten *als* N)

Hierher gehören auch die Ausdrücke des Erwerbens und Vergeltens:

Für so wenig Geld kann man nicht viel verlangen. – Für 5 DM können Sie schon einen recht guten Füller bekommen. – Er hat das Haus für 50 000 DM gekauft und für 70 000 weiterverkauft.
i *für Geld und gute Worte nicht* = um keinen Preis, auf keinen Fall
i *Sie trinkt für ihr Leben gern Kaffee.*
jn belohnen, bestrafen für
sich an jm rächen für
jn loben, jm danken für
Rechnung, Quittung, Bezahlung für
Lohn, Belohnung, Strafe für
Rache, Vergeltung für

4. bezeichnet FÜR die **Beziehung** (das Relative) eines Vergleichs oder Werturteils.

das Kind ist klein, groß, schwach, kräftig für sein Alter
Für einen Siebziger ist er noch außerordentlich rüstig.
das ist eine erstaunliche Leistung für eine Frau, das Altertum usw.
das ist zuviel, zu schwer, zu teuer für mich (Dagegen bedeutet:
›Das ist *mir* zu teuer‹, daß ich *an sich* durchaus soviel bezahlen *kann*,
daß ich aber im vorliegenden · Fall soviel nicht bezahlen *will*.)
Für ihn bin ich nicht zu sprechen.
Das ist kein Benehmen für einen wohlerzogenen jungen Mann.
Für Ihr Können ist das eine miserable Leistung.
Das ist nichts für mich = entspricht nicht meinem Geschmack
oder Zweck
Dafür, daß das Zimmer so komfortabel ist, ist es nicht teuer = für
seinen Komfort ist das Zimmer nicht teuer
gut, schlecht, nützlich, schädlich, angenehm, unangenehm für
nötig, notwendig, überflüssig für
geeignet, tauglich, verantwortlich, haftbar für
charakteristisch, bezeichnend für
blamabel für
wichtig, interessant, von Interesse für
jemand hat ein Gefühl, eine (feine) Nase für
er ist empfänglich, unempfänglich, blind für

5. Verbunden mit dem Reflexivpronommen hat FÜR **separative** Bedeutung.
Es kann verstärkt werden durch ›allein‹.

Er lebt ganz für sich (allein). – Ich bin am liebsten für mich allein.
Das Haus steht für sich = steht einzeln
i *Das ist eine Sache für sich* = das ist eine andere Sache
jeder für sich
i *das, diese Tatsache, dieser Umstand spricht schon für sich* = ist
allein schon hinreichend zur Charakterisierung
Behalten Sie das für sich! = Sprechen Sie nicht davon!

6. bezeichnet FÜR die **sukzessive Reihe;** das Nomen steht ohne Artikel.

Es hat Tag für Tag geregnet.
Sie sind Mann für Mann gefallen, d.h. 1. einer nach dem anderen
                                                      2. alle insgesamt
Wort für Wort, Schritt für Schritt, Jahr für Jahr usw.

Interrogativpronomen

Mit *was für . . ., was für ein . . .?* usw. fragt man nach der Art und Sorte, Eigenschaft und Besonderheit einer Person oder Sache.

1. mit dem unbestimmten Artikel

Ich möchte einen Fotoapparat, ein Radio, eine Schreibmaschine*) kaufen.

adjektivisch	selbständig
Was für einen Fotoapparat?	*Was für einen?*
ein Radio?	*eins?*
eine Schreibmaschine?	*eine?*

2. ohne Artikel

Singular: Ich möchte etwas Käse, Fleisch, Wurst*)
Plural: Ich möchte einige Zigaretten kaufen.

adjektivisch	selbständig
Was für Käse?	*Was für welchen?*
Fleisch?	*welches?*
Wurst?	*welche?*
Was für Zigaretten?	*Was für welche?*

Ebenso gebraucht man *was für . . ., was für ein . . .!* usw. bei Interjektionen:

Was für eine herrliche Aussicht! = Welch eine herrliche Aussicht!
Was für ein Unsinn! = Welch ein Unsinn!

Idiomatisches

Ich bin dafür = ich habe nichts dagegen
Ich bin nicht dafür = ich habe etwas dagegen
Er kann nichts dafür, daß er zu spät kommt = er hat keine Schuld
Ich kann nichts dafür = ich habe keine Schuld
geradestehen für = verantwortlich sein für
                            die Verantwortung tragen für

Beachte auch das umgangssprachliche *pro:*
    Der Preis beträgt 18 DM *pro Tag, pro Person*

---

*) In der Reihenfolge maskulin, neutral, feminin.

GEGEN

1. Die konkrete Bedeutung von GEGEN bezeichnet das **Treffen auf einen Widerstand.**

Das Auto fuhr gegen einen Baum. – Das Flugzeug flog gegen einen Berg.
stoßen gegen
aber: AUF ein Buch, ein Zitat, eine Notiz *stoßen* = zufällig finden

2. In abgeschwächter Bedeutung bezeichnet GEGEN die **Richtung.**

etwas gegen das Licht halten
gegen die Sonne fotografieren
i *gegen den Strom schwimmen* = das Gegenteil tun von dem, was
alle tun

Die Beispiele sind jedoch sehr selten. Im allgemeinen und speziell bei Himmelsrichtungen gebraucht man *nach* oder *nach . . . zu:*

das Fenster, Zimmer usw. *geht* oder *liegt* NACH *Süden*
NACH *Norden* zu *wird das Land flacher.*

Übertragen auf die Zeit bezeichnet GEGEN die ungefähre Zeitangabe:

ich komme gegen Mittag, gegen 5 Uhr, gegen Abend
gegen Ende der Ferien, gegen Ende des vorigen Jahrhunderts usw.

Dagegen gebraucht man GEGEN nicht, wie vielfach angegeben wird, für ungefähre Zahlenangaben.

Die Stadt hat ungefähr 100 000 Einwohner heißt nicht:
Die Stadt hat   gegen   100 000 Einwohner, sondern
Die Stadt hat an die   100 000 Einwohner.
Das Buch kostet an die 50 DM.
Wir waren an die 20 Personen.

3. bezeichnet GEGEN den **Vergleich;** *gegen* = verglichen mit.

Gegen die Sonne ist die Erde nur ein kleiner Ball.
i *Gegen Herrn Behrens ist Herr Ahrens nur ein armer Schlucker.*
das ist eine Kleinigkeit, ist nichts gegen . . .
gegen früher

4. Gegenwert oder Gegenleistung bei Tausch, Kauf, Miete, Wette

Suche möbliertes Einzelzimmer gegen gute Bezahlung. – 3-Zimmer-
Wohnung gegen 4-Zimmer-Wohnung zu tauschen gesucht. – Verkauf
nur gegen bar. – Ich wette 10 gegen 1 . . .

5. Der Hauptgebrauch von GEGEN bringt ein **widerstrebendes, feindliches** oder **falsches Verhalten** zur Sprache.

jemand oder *etwas verstößt gegen die (guten) Sitten, die Abmachung,*
die Regel, den Befehl usw.

> *sich sträuben, sich wehren, sich durchsetzen gegen*
> *sich verschwören, sich empören, sich auflehnen gegen*
> *sich verwahren, Einspruch erheben gegen*
> *jm helfen, beistehen gegen*
> *Widerwille, Widerstreben, Abneigung, Antipathie, Aversion gegen*
> *ein Mittel gegen Kopfschmerzen, Fieber* usw.
> s *Gegen den Tod ist kein Kraut gewachsen.*
> *Maßnahmen ergreifen gegen*
> *mit Gewalt, gerichtlich vorgehen gegen*
> *ein gerichtliches Verfahren einleiten gegen*
> *prozessieren gegen*

Die häufig zu findende Angabe, daß GEGEN auch mit den Adjektiven des Verhaltens verbunden wird, ist falsch.

> Man sagt nicht: *Er war sehr (un)freundlich gegen mich*, sondern
> *Er war sehr (un)freundlich* ZU *mir*, oder . . . *mir*
> *gegenüber*

Dasselbe gilt für die übrigen hierher gehörenden Adjektive (höflich, entgegenkommend usw.), vgl. S. 49 ZU Adjektive.

GEGEN verbindet man nur mit den Adjektiven *empfindlich, unempfindlich* und *taub:*

> *er ist sehr empfindlich (völlig unempfindlich) gegen Kälte, Lärm* usw.
> *er blieb taub gegen alle Ermahnungen, Bitten* usw.

dagegen: blind *für . . .*

Verben

Mit GEGEN- zusammengesetzte Verben sind ungebräuchlich. Man benutzt die Nomen, z. B.:

> *er machte die Gegenbemerkung, den Gegenvorschlag, daß . . .*
> oder sagt: *Er bemerkte dagegen, daß . . .*
> *Er schlug dagegen vor, daß . . .*
> *Er wehrte sich dagegen, daß . . .* usw.

Zusammengesetzte Verben gibt es nur mit ENTGEGEN-, sämtlich trennbar und sämtlich mit Dativ:

> *einer Person oder Sache entgegenarbeiten*
> *jm Achtung, Verehrung* usw. *entgegenbringen*
> *entgegeneilen, -gehen, -fahren, -laufen, -stürzen, -kommen*
> *entgegenhalten* = einwenden
> *entgegensehen: Der Kranke sieht seiner Genesung entgegen. – Ihrer*
> *baldigen Antwort entgegensehend, zeichne ich . . .* (Ende eines
> Geschäftsbriefes)
> *entgegenstehen, entgegentreten* = Widerstand leisten
> aber beachte: *entgegennehmen A*

WIDER

WIDER als Synonym für *gegen* ist heute als Präposition außer Gebrauch. Es kommt nur noch in einigen stehenden Wendungen und in einigen zusammengesetzten Nomen und Verben vor.

>*reiflich das Für und Wider erwägen* = das Pro und Contra

Nomen

>*Widerhall* = Echo, Resonanz; *widerhallen*
>*Widerlegung, widerlegen*
>*Widerrede, keine Widerrede dulden*
>*Widerruf, bis auf Widerruf, widerrufen*
>*Widerschein* = Reflex; *widerscheinen* = *sich widerspiegeln;*
> *die Sonne scheint, spiegelt sich im Wasser wider*
>*Widerspruch, (sich) widersprechen*
>*Widerstand, Widerstand leisten D* oder *gegen A*
>*Widerstandskraft;* adj. *widerstandsfähig* = robust
>*Widerwille* = Antipathie, Aversion

Adjektive

>*widerlich, widerwärtig* = abstoßend, ekelhaft
>*widerlegbar, unwiderlegbar*
>*widernatürlich* = anormal; *widerrechtlich* = illegal
>*widerspenstig, widersetzlich* = aufsässig, rebellisch
>*widersprechend, widerspruchsvoll*
>*widerstandsfähig* = robust
>*unwiderruflich; unwiderstehlich*

Adverbien

>*widerwillig, widerstrebend* = ungern

Verben (siehe auch Nomen)

>*anwidern* = anekeln, abstoßen – *Ihr Geschwätz widert mich an.*
>*widerstehen* – *Ich kann der Versuchung nicht widerstehen.*
>*sich widersetzen D* = Widerstand leisten D oder gegen A
>*zuwiderhandeln D* = verstoßen gegen A
>*es widerstrebt mir, das und das zu tun* = ich mag es nicht
>*eine Person oder Sache ist mir zuwider* = ich mag sie nicht

Idiomatisches

>*wider Erwarten*   aber: gegen meine, seine, alle Erwartung
>*wider Willen*   aber: gegen meinen, seinen Willen
>*wider besseres Wissen*

OHNE

OHNE als das Gegenteil von *mit* bezeichnet ein Fehlen, einen Mangel oder eine Trennung und wird vorwiegend ohne Artikel gebraucht.

s *Ohne Fleiß kein Preis.*
s *Keine Regel ohne Ausnahme.*
s *Keine Rose ohne Dornen.*
s *Kein Lebensbuch ohne Eselsohren.*
  ohne Schwierigkeit, ohne Zwischenfall, ohne Umstände
  ohne (jeden oder *allen) Zweifel, ohne (jeden* oder *allen) Grund*
  ohne weiteres

Konjunktion

Bei verschiedenem Subjekt OHNE DASS:

  Der Kranke wurde operiert, ohne daß es nötig war.

Bei gleichem Subjekt OHNE ZU . . . mit Infinitiv:

  »Unter die größten Entdeckungen, auf die der menschliche Verstand in den neuesten Zeiten gefallen ist, gehört die Kunst, Bücher zu beurteilen, *ohne sie gelesen zu haben.*« (Lichtenberg)
  Herein ohne anzuklopfen!
  i *ohne ein Wort zu sagen*
  i *ohne mit der Wimper zu zucken* = 1. kaltblütig, ohne Furcht
                                        2. frech, unverschämt

Idiomatisches

  nicht ohne sein:
  Der Wein ist nicht ohne = nicht ohne Kraft, er ist stark
  Die Sache ist (gar) nicht (so) ohne, d. h. *nicht ohne Schwierigkeit*
  = die Sache ist gar nicht so einfach, wie sie zuerst aussieht
  Er ist gar nicht so ohne = er ist gar nicht so harmlos, wie er tut
  oder aussieht

UM

1. lokal

Lokal bezeichnet UM die kreisförmige Lage oder Bewegung. Will man andeuten, daß der Kreis ganz oder fast geschlossen ist, so sagt man *rings um . . ., rund um . . .* oder *um . . . herum.*

  Die Familie sitzt um den Tisch.
  Wir gingen einmal um den ganzen See herum.
  Die Erde dreht sich um die Sonne und um sich selbst.
  jm um den Hals fallen = jn umhalsen, umarmen
  i *Beim Abschied war es* (oder: *wurde es) uns schwer ums Herz.*

i *Ich rede, wie es mir ums Herz ist.*
i *Er wirft mit Geld, Fremdwörtern (nur so) um sich.*
  Er hat gern viele Menschen um sich (herum) = ist gern in Gesellschaft.
i *Er geht (oder: drückt sich) um eine klare Antwort herum wie die*
  Katze um den heißen Brei.

Neben der Geschlossenheit der Kreisförmigkeit bringt *um . . . herum* aber
auch zum Ausdruck, daß eine Angabe ungenau oder unbestimmt ist:

> *Sie wohnt irgendwo um den Karlsplatz herum.*

Diese Bedeutung wird auch übertragen auf Zahlenangaben, wobei man die
Unbestimmtheit durch ein vorgesetztes *so* verstärken kann:

> *Das Haus soll (so) um 80 000 Mark herum kosten.*

2. temporal

> *ich komme (so) um 4 Uhr herum, um Ostern herum* = ungefähr
> *Um (das Jahr) 1000 (herum) entdeckten die Wikinger Amerika.*
> *zu Anfang – um die Mitte – gegen Ende des vorigen Jahrhunderts*
>
> dagegen exakt: *um 4 Uhr, um Mitternacht*

3. steht nach UM das **Objekt des Begehrens oder Interesses**

> *jn bitten, ersuchen, angehen um et.*
> *schreiben, telegraphieren um Geld* usw. (= *bitten um*)
> *jn um Rat fragen*
> *um Hilfe rufen*
> *um die Gunst js. werben*
> *um eine Dame werben*
> *um die Hand einer Dame anhalten* = einen Heiratsantrag machen
> *sich um eine Stelle bewerben*
> *sich kümmern, sich bemühen, sich sorgen um*
> *trauern um einen Verlust, einen Verstorbenen*
> *jn um sein Glück, seinen Reichtum* usw. *beneiden*
> *um nichts, um Geld spielen*
> *ich wette um 100 Mark*
> *kämpfen um . . .; Kampf ums Dasein, ums tägliche Brot*
> *sich streiten um* (et., was man haben will; dagegen ›sich streiten‹
> im Sinne von ›disputieren‹ mit *über*: *Über Geschmack läßt sich*
> *nicht streiten.)*
i *Sie streiten sich um des Kaisers Bart* = um nichts, der Streit
  ist im Grunde gegenstandslos
i *Im Leben dreht sich alles ums liebe Geld.*
> *es dreht sich, handelt sich, geht um eine wichtige Sache; darum,*
> *daß . . .*
> *Es geht mir in erster Linie um Genauigkeit. – Es ist mir in erster*
> *Linie um G. zu tun* = mein Hauptinteresse

4. nennt UM den **Verlust**

> *jn betrügen, prellen um den Lohn, die Belohnung, Bezahlung*
> *jn um den Erfolg, das Vermögen, das Leben bringen* = jm das Ver-
> mögen, Leben usw. nehmen
> Entsprechend:
> *um den Erfolg, das Vermögen, das Leben kommen* = verlieren
> *ums Leben bringen* bzw. *kommen* heißt auch einfach *umbringen* bzw.
> *-kommen*
> *um (k)eine Antwort, Entschuldigung, Ausrede verlegen sein*

5. Bei **Tausch und Preis** kommt UM nur noch in feststehenden Wendungen
vor:

> *Auge um Auge, Zahn um Zahn*
> *um alles in der Welt nicht* = *um keinen Preis*

Dagegen werden Formen wie: *Ich habe das Buch um einen ganz geringen
Preis, um nur 2 Mark gekauft,* heute als Dialekt (Süddeutsch) empfunden.
Die Umgangssprache sagt ›FÜR *einen geringen Preis*‹ usw. (s. S. 15 FÜR 3).

6. gibt man mit UM die **Quantitätsdifferenz** an

> *Der Chef hat meinen Urlaub um acht Tage verlängert.*
> *Er überragte alle anderen um Haupteslänge.*
> *Die Witwe überlebte ihren Mann um 20 Jahre.*
> *Sie haben sich um eine Mark verrechnet.*

> Aber nur bei Verben dieser Art! Sonst steht der reine Akkusativ:
> *zehn Jahre älter, eine Stunde zu früh, 2 cm zu kurz* usw.

i *um ein Haar wäre ich gefallen, hätte ich den Zug verpaßt* = fast,
beinahe
»*Zweite verbesserte und um neue Druckfehler vermehrte Auflage.*«
(Jean Paul)

Verben

Die mit UM- zusammengesetzten Verben lassen sich in mehrere, klar unter-
scheidbare Gruppen zusammenfassen. Sie bedeuten:

1. Änderung; die Vorsilbe ist immer trennbar:

> *umändern, -arbeiten, -bauen, -betten, -bilden, -deuten, -dichten,*
> *-formen, -gestalten, -gießen, -kleiden, -laden, -leiten, -lernen, -pak-*
> *ken, -pflanzen, -quartieren, -räumen, -rechnen* (in eine andere
> Währung), *-schlagen* oder *-springen* (Wetter, Stimmung), *-schrei-*
> *ben, -setzen* (fig. bedeutet ›*umsetzen*‹ verkaufen), *-steigen, -stellen,*
> *-stimmen, -tauschen, -wechseln, -ziehen* (*ich ziehe um* = ich wechsle
> die Wohnung; *ich ziehe mich um* = ich wechsle die Kleider)

2. Umfassen; hier ist die Vorsilbe immer untrennbar:

umármen, -baúen, -braúsen, -drángen, -fáhren, -fássen, -gében, -hálsen, -klámmern, -kreísen, -lágern, -reíßen (einen Plan, Vorschlag, ein Programm, eine Arbeit skizzieren), *-ríngen, -schwármen, -spríngen, -stéhen, -zíngeln*

3. Wenden; die Vorsilbe ist immer trennbar:

umbiegen (tr. u. intr.), *-blättern, sich umblicken, -drehen, -graben -kehren* (tr. u. intr.), *-pflügen, -rühren, sich umsehen, -wenden*

4. zu Fall bringen oder kommen; die Vorsilbe ist immer trennbar:

umblasen, -fahren, -fallen, -hauen, -reißen, -rennen, -sinken, -stoßen, -stürzen, -werfen

5. Ausweichen; die Vorsilbe ist untrennbar:

umfáhren, -géhen, -schíffen, -schreíben

6. sind in der Umgangssprache noch einige Komposita mit UM- in Gebrauch, die das Anziehen oder Tragen von Kleidungs- oder Schmuckstücken bedeuten; die Vorsilbe ist trennbar.

sich ein (Regen-, Pelz-) Cape, eine Kette umhängen, -legen, -tun sich einen Gürtel, einen Kragen, ein Halstuch, eine Krawatte umbinden ein Cape, einen Gürtel usw., einen Schleier, eine Uhr umhaben eine Kette, Uhr während der Nacht umbehalten

Es fällt auf, daß bei UM die trennbaren und untrennbaren Verben sich nach klaren Bedeutungsunterschieden gruppieren: Gruppe 2 und 5 sind untrennbar, die übrigen trennbar.

Der Deutlichkeit wegen wollen wir hier die Komposita mit mehreren Bedeutungen noch einmal eigens zusammenstellen:

1. *úmschreiben A* = ein Schriftstück ändern, neu verfassen
   umschreíben A = etw. mit anderen Worten darstellen
2. *úmbauen A* = ändern
   umbaúen A = mit einem Bauwerk umgeben
3. *úmreißen A* = zu Fall bringen
   umreíßen A = einen Plan, Vorschlag usw. kurz darstellen, skizzieren
4. *úmfahren A* = jn oder et. durch Zusammenstoß umwerfen
   umfáhren A = um et. herumfahren
5. *úmgehen intr.* = kursieren; *ein Gerücht, Gespenst geht um*
   úmgehen mit = verkehren mit *(s Sage mir, mit wem du umgehst, und ich sage dir, wer du bist.)*
   mit Menschen, Tieren, Blumen, Maschinen usw. gut umgehen können, d.h. sie geschickt zu behandeln bzw. zu handhaben wissen

auch: *ich gehe mit dem Gedanken, dem Plan*
um, das und das zu tun = ich erwäge, es zu tun
umgéhen A = einem Berg, einem Sumpf, einer Schwierigkeit, einem Paragraphen ausweichen

Idiomatisches

um jeden Preis = auf jeden Fall
zwei oder mehrere *tun et. um die Wette* = mit großem Eifer, um
einander zu übertrumpfen
ein Feuer, eine Epidemie greift um sich = wächst, breitet sich aus
den Spieß umdrehen = einen Angriff, eine Bosheit, einen Scherz
gegen den Urheber zurückwenden
ich kann nicht umhin, etwas zu tun = ich kann nicht anders, muß
Sprechen Sie bitte ohne Umschweife! = offen und ehrlich
sich umsehen, umhören, umtun nach einem Zimmer, einer Stelle usw.
= suchen

HERUM

Statt mit *um-* können viele Verben auch noch mit HERUM- zusammengesetzt
werden. Die nachfolgend aufgeführten sind jedoch nicht solche, die lediglich
eine Verstärkung von *um* bedeuten, wie z. B. *herumdrehen*, das nur eine
Variante des stilistisch besseren *umdrehen* ist, oder wie *um et. herumfahren*,
das nur eine Verstärkung von *um et. fahren* darstellt. Wir führen hier viel-
mehr nur solche Verben auf, bei denen *herum* selbständige Bedeutung hat
und die mit *um* allein nicht gebildet werden.

1. kreisförmige Aktion

bei Tisch et. zum Essen, in einer Gesellschaft et. zur Ansicht
herumgeben, -reichen, -gehen lassen
einen Boten, Prospekte herumschicken, -senden
ein Gerücht, ein Ereignis spricht sich (in der Stadt, im Bekann-
tenkreis) *herum*
überall herumhorchen, -fragen, -schnüffeln, um et. zu erfahren
überall herumsuchen, -stöbern, -wühlen, um et. zu finden
jn in einer Stadt, einem Museum herumführen

2. Drehung um eine Achse (wo die Komposita mit *um-* entweder unge-
bräuchlich sind oder eine andere Bedeutung haben)

Setzen Sie Ihren Stuhl, setzen Sie sich ein wenig herum!
das Steuer herumwerfen, -reißen
sie warf sich herum = drehte sich heftig um
et. herumziehen, -zerren (Dagegen bedeutet *an et. herumziehen,*
-zerren keine Drehung, sondern nur das immer erneute Ziehen.)

3. das ziel- oder ratlose Agieren

an jm herumdoktern = aufs Geratewohl alles mögliche probieren
an einer Reparatur herumlaborieren, -probieren
in einem Buch, der Zeitung herumblättern
an einem Problem herumraten, -rätseln
sich herumstreiten, -zanken

Alle Verben der Bewegung können mit HERUM- zusammengesetzt werden und bezeichnen dann das Gelegentliche, Zufällige, Ziel- und Planlose der Bewegung. Insbesondere gehören hierher die Ausdrücke des Flanierens und Vagabundierens:

herumbummeln, -gaffen, -lungern, -schlendern, -schweifen, -spazieren, -streichen, sich herumtreiben (Subst. *der Herumtreiber*)

Verben wie *herumstehen, -liegen, -sitzen, -trödeln* bezeichnen Langeweile und Untätigkeit.

4. Mühe und Unerfreulichkeit

sich mit jm oder *et. herumplagen, -quälen, -schlagen*
mit jm herumprozessieren
sich mit jm herumstreiten, -zanken

Statt des Präfixes *herum* gebraucht man auch öfter, besonders in der gehobenen Sprache, das Präfix UMHER. Die Bedeutungsnuance ist nicht unerheblich, aber schwer zu bestimmen. Allgemein läßt sich sagen, daß *umher* in erster Linie bei den Verben der Bewegung gebraucht wird und hier positivere Bedeutung als *herum* hat. Im Unterschied zu der Planlosigkeit von *herumreisen* bringt *umherreisen* eher die Weitläufigkeit des Reisens zum Ausdruck. So gebraucht man auch *umher* bei Verben mit ausgesprochen negativer Bedeutung entweder gar nicht oder in der Absicht, dieser Negativität die Schärfe zu nehmen. Vgl. *herumstehen – umherstehen; herumirren – umherirren.* Der Ausländer tut gut, das *umher* nicht selbständig zu gebrauchen.

Idiomatisches

jm die Worte im Mund herumdrehen = seine Rede entstellen, verfälschen
jn an der Nase herumführen = irreführen, zum Narren halten
weit in der Welt herumgekommen sein = weitgereist, welterfahren sein
Wir kommen um die Sache nicht herum = können ihr nicht aus dem Wege gehen
wir kommen nicht darum herum, zu . . .
die Pause ist, die Ferien sind (her)um = zu Ende
ringsherum, ringsumher war es totenstill

BIS

BIS antwortet auf die Frage *wie weit?* oder *wie lange?*, d. h. es bezeichnet die räumliche oder zeitliche Grenze.

BIS allein wird nur bei **artikellosen** Orts- und Zeitbestimmungen gebraucht, so daß der Akkusativ (außer an der artikellosen Deklination der Adjektive) äußerlich nicht ersichtlich ist:

> *Der Zug fährt nicht bis Kopenhagen, sondern nur bis Hamburg.*
> *er blieb bis 12 Uhr, mittags, gestern, Ostern, Oktober, zuletzt bis nächsten Sonntag, bis dritten Mai*
> *geöffnet von 10–17 Uhr* (zehn bis siebzehn Uhr)

Bei Orts- und Zeitbestimmungen **mit Artikel** verwendet man die zusammengesetzte Präposition BIS ZU mit Dativ:

> *Ich begleite Sie bis zur nächsten Haltestelle, nächsten Ecke.*
> *Wir gingen bis zum Gipfel.*
> *Bis zu einem gewissen Grade ist das verständlich.*
> i *bis zum bitteren Ende*
> *Wir warteten bis zum letzten Augenblick, bis zur letzten Minute.*
> *Er blieb bis zum nächsten Tag.*
> *er blieb bis morgens, mittags, abends* kann also auch heißen:
> *bis zum Morgen, Mittag, Abend;* aber: *bis in die Nacht*

Man muß sagen: *bis zum nächsten Tag;* dagegen sagt man bei bestimmten Tagen, bei Woche, Monat, Jahr in der Regel einfach: *bis nächsten Dienstag, nächste Woche, nächsten Monat, nächstes Jahr.*

Bei Daten läßt man ebenfalls in der Regel den Artikel (und damit auch *zu*) fort: *ich bleibe bis 1. Mai* (= ersten), *bis 10. August* (= zehnten).

Als Antwort auf die Frage *wie weit?* und *wie lange?* kann BIS beliebig zu Orts- und Zeitbestimmungen hinzutreten, die ihrerseits bereits präpositional sind:

> temporal: *bis vor kurzem, vor wenigen Tagen, bis nach den Ferien*
>   *bis auf weiteres* = vorläufig
> lokal: *Die Scheune war bis unter das Dach gefüllt und brannte bis auf die Grundmauern ab.*
>   *bis vor, hinter das Haus; bis aufs Dach*
>   *bis an, in, über die Wolken*
>   *bis ans Ende der Welt, der Tage* (= der Zeit)
> *Sie fielen bis auf den letzten Mann* = alle ohne Ausnahme
> *Ich habe mein Geld bis auf den letzten Pfennig ausgegeben* = restlos

Sonst bezeichnet BIS AUF die Ausnahme:

> *Es waren alle da bis auf Herrn X.* = nur Herr X. nicht
> *Achilles war unverwundbar bis auf die Ferse* = nur die Ferse nicht

Ungefähre Zahlenangaben:

Ich komme in 2 bis 3 Tagen. – Wir können erst in 3 bis 4 Wochen liefern. – Es kostet 80–100 Mark.

BIS ist noch wichtig für eine häufige Grußform der Umgangssprache. Wenn man sich verabschiedet, sagt man:

Bis gleich! Bis heute abend! Bis morgen!
Bis Sonntag! Bis nächstes Mal! Bis nächste Woche!

Die Bedeutung ist: Alles Gute bis morgen usw.

2. Präpositionen mit dem Dativ

AUS

1. lokal

Das lokale AUS bildet den Gegensatz von *in* und bedeutet das wirkliche oder vorgestellte Heraustreten aus einem geschlossenen Raum oder einem geschlossenen Zusammenhang.

er kommt aus dem Zimmer, dem Wasser, der Schule, der Stadt

Bei Orts- und Ländernamen bezeichnet AUS in der Regel den Geburtsort und das Geburtsland:

er kommt, ist, stammt aus Madrid, aus Spanien

Der bloße Ortswechsel dagegen steht mit *von* (oder auch *aus*):

er kommt (gerade) von Madrid, von Spanien, vom Bahnhof zurück

aus dem Fenster sehen; jn aus dem Hause werfen
et. aus der Tasche nehmen, ziehen, holen
aus der Tasse, dem Glas, der Hand trinken; aber: *vom* Teller essen
i *aus der Haut fahren* = sich schrecklich aufregen
s *Niemand kann aus seiner Haut* = niemand kann seine Natur ändern
i *aus dem Regen in die Traufe kommen* = aus einer Schwierigkeit oder Verlegenheit in eine gleich große andere geraten
i *jn aus der Fassung bringen;* dagegen sagt man nicht: *aus der Fassung kommen,* sondern: *seine Fassung verlieren;* und nicht: *aus der Fassung sein,* sondern: *fassungslos sein*
i *aus der Rolle fallen* = sich danebenbenehmen
i sich einen Plan, ein Vorhaben, eine Reise *aus dem Kopf, dem Sinn schlagen* = darauf verzichten
i *jn nicht aus den Augen lassen* = ihn dauernd beobachten
i *jn aus den Augen verloren haben* = nicht mehr wissen, wo er ist
aus der Mode kommen, sein; aber: *außer* Gebrauch kommen, sein
einer Schwierigkeit, Antwort, Person *aus dem Wege gehen* = sie umgehen, sie meiden
i *aus der Schule plaudern* = über Internes öffentlich sprechen
i *sich aus der Affäre ziehen* = einer Verlegenheit entgehen
aus der Erfahrung, aus Fehlern lernen
Ich spreche aus Erfahrung = ich weiß es, kenne diese Sache *aus (eigener) Erfahrung*
aus einem Buch, einem Gedicht, einer Rede zitieren
et. aus der Zeitung wissen, erfahren
aus dem Kopf, dem Gedächtnis wissen, zitieren = auswendig
aus dem Stegreif reden, dichten, spielen = eine Rede, ein Gedicht, ein Musikstück improvisieren
aus dem Finnischen ins Deutsche übersetzen

aus einer Drohung Ernst machen
aus der Nähe, der Ferne beobachten, sehen, erkennen
aus allen Kräften arbeiten, rudern, schreien
ein Sohn aus gutem Hause, vornehmer Familie, zweiter Ehe

Analog temporal:

ein Buch aus dem Mittelalter, dem vorigen Jahrhundert
aus der Jugendzeit erzählen

aber nur bei entfernten Zeiten! Dagegen heißt es:

die Bestellung, die Nachricht, der Brief VON *gestern,* VON *voriger Woche, letztem Monat, vorigem Jahr*

2. material

AUS bezeichnet den Stoff, aus dem etwas gemacht ist, oder die Teile, aus denen etwas besteht*).

die Schale ist *aus Glas,* das Hemd *aus Baumwolle,* der Tisch *aus Eiche(nholz)*
Die Kunstgeschichte besteht *aus zwei Textbänden und einem Bildband.*
Fertighäuser werden *aus fertigen Teilen zusammengesetzt.*
Aus alt mach neu!
s *Aus Kindern werden Leute.*
i *aus der Not eine Tugend machen* = aus dem Gegebenen, nicht zu Ändernden das beste machen
Was wird aus dieser Sache werden? – Was ist aus ihm geworden?
Ich mache mir nichts daraus = es ist mir gleichgültig, es interessiert mich nicht

3. kausal

et. tun *aus Liebe, Haß, Güte, Bosheit, Freundschaft, Eifersucht**)
aus Mangel an Ausdauer, Erfahrung, Zeit, Geld
et. *aus freien Stücken* tun = freiwillig
das ist *aus Versehen* (= versehentlich) *geschehen;* Gegenteil: mit Absicht = absichtlich
aus diesem Grunde, aus gewissen, unbekannten, vielen Gründen;
    aber: *aufgrund* Ihres Besuches usw.
aus diesem Anlaß; aus Anlaß Ihres Besuches = anläßlich Ihres Besuches

---

*) Der Unterschied zwischen *ein Ring* AUS *Gold* und *ein Ring* VON *Gold* besteht darin, daß *aus* das M a t e r i a l, *von* dagegen die Q u a l i t ä t des Ringes bezeichnet. Vgl. S. 40 VON 4!
**) *Aus* gibt den Grund w i l l e n t l i c h e r Handlungen an. U n w i l l k ü r l i c h e Taten und Zustände werden dagegen mit *vor* verbunden: *vor Schmerzen* weinen, *vor Furcht* zittern; *vor Schrecken* bleich, *vor Scham* rot sein oder werden (vgl. S. 79 VOR 3).

Idiomatisches

> *bei jm ein- und ausgehen* = sein intimer Freund sein
> *nicht mehr ein noch aus wissen* = keinen Ausweg wissen
> *es gilt als ausgemacht* = sicher
> s *Eine Krähe hackt der anderen kein Auge aus.*
> *sich in einem Fach, in Waren, Paragraphen, einer Stadt gut aus-*
> *kennen* = gut darin Bescheid wissen
> *Das scheidet aus* = kommt nicht in Betracht
> *den Ausschlag geben* = entscheidend, *ausschlaggebend* sein (das
> Bild ist von der Waage genommen)
> *Das schlägt dem Faß den Boden aus!* = ist die Höhe, ein Skandal
> *jm sein Herz ausschütten* = ihm seinen Kummer klagen
> *Ausflüchte machen* = keine klare Antwort geben
> *sich herauszureden suchen* = sich zu rechtfertigen suchen
> *jm et. in Aussicht stellen* = ihm Hoffnung machen auf et.
> gute, schlechte, nur geringe, keine *Aussichten haben* = Chancen
> *jn nicht ausstehen können*)* = nicht riechen, nicht leiden können
> *et. nicht aushalten können*)* = nicht ertragen können*)
> *Das kommt auf dasselbe heraus* = macht keinen Unterschied
> ich werde *aus dieser Sache, diesem Menschen nicht klug* = ich
> weiß nicht, was damit los ist
> *Das macht nichts aus* = das macht nichts
> *der Unterricht, die Ferien, das Spiel, der Traum ist aus*

Verben mit präpositionalem Objekt

1. Bestand und Herstellung:

> *bestehen aus, sich zusammensetzen aus*
> *machen, verfertigen, herstellen, schmieden, bauen, zusammensetzen aus*

2. Schlüsse und Folgerungen:

> *aus dieser Tatsache, aus diesen Worten ist zu folgern, zu schließen,*
> *zu entnehmen, zu ersehen*
> *aus dieser Tatsache, diesem Umstand ergibt sich*

Alle mit *aus-* zusammengesetzten Verben sind trennbar.

AUSSER

1. lokal

Die ursprüngliche lokale Bedeutung von AUSSER gibt es heute nur noch in
übertragenem Gebrauch, und zwar immer ohne Artikel.

> Major *a. D.*, Minister *a. D.* = *außer Dienst*
> *Der Kranke ist außer Gefahr.*

---

*) Man gebraucht *unerträglich* bei Personen, Sachen und Vorgängen
unausstehlich nur bei Personen.

Die Sache steht (ganz) außer Zweifel.
außer Reichweite, außer Sicht-, Hörweite
außer Atem sein = schwer atmen vor Anstrengung
außer sich sein vor Freude, Wut
außerstande sein, außer acht lassen

2. außer = ausgenommen

Die ganze Woche geöffnet *außer montags.*
Außer einer Scheibe Brot habe ich heute noch nichts gegessen.

Statt AUSSER kann auch das Partizip *ausgenommen* als Prä- oder Postposition mit dem Akkusativ gebraucht werden.

Ich habe noch nichts gegessen, *ausgenommen eine Scheibe Brot.*
oder: *eine Scheibe Brot ausgenommen*

3. außer = eingeschlossen

Außer vielen Karten habe ich auch noch einige Briefe geschrieben.
Außer meinem Freund wird auch mein Lehrer kommen.

BEI

1. lokal

Lokal bezeichnet BEI die unbestimmte oder ungefähre Nähe, im Unterschied zu *an*, das die unmittelbare Nachbarschaft angibt.

er wohnt bei der Kirche, der Post, dem Bahnhof

Dieser Gebrauch von BEI ist jedoch selten; man gebraucht in der Regel *an*. Nur in geographischen Angaben und Adressen steht *bei:*

Bei Basel wendet sich der Rhein nach Norden.
die Schlacht bei (oder von) Marathon
Bad Godesberg bei Bonn

Wichtig dagegen ist BEI bei Personen (nicht *mit!*):

Er wohnt bei seinen Eltern. − Wir treffen uns heute bei Klaus. − Sie sind noch nicht bei uns gewesen. − Bei wem haben wir heute Unterricht?

Ich habe kein Geld bei mir.
sie dachte bei sich (selbst)
i *bei jm (nicht) gut angeschrieben sein* = *bei jm (un)beliebt sein*
i *Das steht bei Ihnen* = *das hängt von Ihnen ab*
bei Goethe, bei den alten Griechen
bei uns in Schweden
eintreten, vorsprechen, anfragen, sich erkundigen bei
sich vorstellen bei = *sich bei jm um eine Stelle bewerben*
sich entschuldigen, sich beschweren bei

> *et. bestellen, kaufen bei*
> *bei jm (kein) Verständnis finden* mit einem Vorschlag, für einen Plan

Man gebraucht BEI auch zur Bezeichnung des Arbeitsplatzes:

> Er arbeitet *bei (der Firma) Siemens.*
> er ist *bei der Polizei, der Post, der Bahn, der Marine*
> sie ist *beim Theater, Film, Ballett*
>   aber: *am* Gymnasium, *an* der Universität, *an* der Akademie

Übertragener Gebrauch:

> *Bei Personen* sagt man »essen«, *bei Tieren* »fressen«.
> *Bei dem Versuch,* ihn zu retten, ist er selbst ertrunken.
> *bei dem Straßenbahnunglück, dem Zusammenstoß* sind fünf Personen verletzt worden
> *Bei dieser Krankheit* besteht Ansteckungsgefahr.
> *Bei diesem Experiment* ist besonders auf folgendes zu achten: . . . .
> *beim Kauf, Verkauf, bei der Auslieferung, Übernahme*
> *bei der Arbeit, beim Spiel*
> *beim Aktiv, beim Passiv*
> *bei der Industrialisierung Indiens, beim Wiederaufbau Berlins*
> *bei der Teilung Deutschlands*
> *bei der ersten Weltumseglung, beim ersten Weltraumflug*
> *bei der Belagerung Trojas, bei der Eroberung Mexikos*

Diese letzteren Beispiele können auch temporal aufgefaßt werden. sh. unt.

BEI wird häufig mit dem Infinitiv gebraucht:

> *beim Essen, beim Bergsteigen* soll man nicht sprechen
> *beim Aussteigen* ist sie gefallen
> *beim Erzählen, Vorlesen* kamen ihr die Tränen
> *beim Verlassen des Theaters*
> *beim Baden, Schwimmen, Spielen, Arbeiten*
> *beim Lesen* brauche ich eine Brille, sonst nicht

2. Eine Sonderform des übertragenen Gebrauchs ist der **temporale.**

> *bei Tagesanbruch, bei Einbruch der Dunkelheit*
> *bei Sonnenaufgang, bei Sonnenuntergang*
> *bei meiner Ankunft, Abfahrt*
> *beim Abschied, beim Wiedersehen*
> *bei seiner Geburt, seinem Tode*
> *Bei diesen Worten* ging eine Bewegung durch die Versammlung.
> *Bei Beginn der Vorstellung* waren noch viele Plätze frei.
> *bei dieser, bei nächster, bei der ersten besten Gelegenheit*
> *bei Tag und Nacht;* aber meistens einfach nur: Tag und Nacht

3. Auch der **modale** Gebrauch von BEI zur Angabe der Umstände ist nur eine Sonderform des übertragenen Gebrauchs (vgl. S. 76 UNTER modal).

bei diesem Licht, bei dieser Beleuchtung kann man nicht lesen
Er schläft auch im Winter immer *bei offenem Fenster.*
bei so viel Können, bei so viel Fleiß kann der Erfolg nicht ausbleiben
i Der Gefangene ist *bei Nacht und Nebel* verschwunden.
Paris *bei Nacht*
Betreten des Geländes *bei Strafe verboten!*
bei einer Tasse Kaffee, einem Glas Bier, Wein diskutierten sie ihre Reisepläne
bei schlechtem Wetter, bei Regen werden wir nicht ausgehen
Bei dem furchtbaren Lärm konnte man kein Wort verstehen.
Bei Abnahme von 1000 Stück gewähren wir 10% Rabatt.

4. Konzessive Bedeutung hat BEI ALL = *trotz*

Bei allem Unglück haben wir noch Glück gehabt.
Bei all ihrer Raffinesse hat sie einen schweren Fehler gemacht.
Bei all seinen Mängeln ist er doch ein bedeutender Mann.

5. Versicherung, Beteuerungen, Schwüre

bei Gott; bei meiner Seele; bei allem, was mir teuer, heilig ist
schwören bei

Idiomatisches

Ich bin *(nicht) gut bei Kasse* = ich habe (nicht) viel Geld
er ist *nicht recht bei Verstand, Trost* = er spinnt
et. beiseite lassen, legen, schaffen; Scherz, Spaß beiseite!
beizeiten zurückkehren, zu Bett gehen = frühzeitig
Dieser Vorschlag ist *bei weitem der beste.* Aber: *weit besser*
Der Film war *bei weitem nicht* so gut, wie ich dachte.
Es bleibt dabei! = Abgemacht! *Es bleibt bei* unserer Verabredung, Vereinbarung.
Es steht ganz bei Ihnen, ob wir gehen oder nicht = es hängt ganz von Ihnen ab
Wir wollen es dabei bewenden lassen = wir wollen nichts weiter unternehmen, sondern uns damit zufriedengeben
das Kind beim rechten Namen nennen = nichts beschönigen
Bei Licht besehen ist die Sache ziemlich ungünstig = wenn man sie genau prüft
Man muß *die Gelegenheit beim Schopf ergreifen* = sofort nutzen
beiläufig, nebenbei et. sagen, bemerken = en passant

Alle mit *bei-* zusammengesetzten Verben sind trennbar.

To go riding = ich gehe reiten

* mit dem Fahrrad fahren
mit dem Pferd reiten (se
in magazine)

But Bernhard says better =
zu Pferd reiten or
auf dem Pferd reiten

2. Präpositionen mit dem Dativ

MIT

1. instrumental (vgl. S. 9 DURCH medial)

 mit Tinte, mit Bleistift schreiben
 mit Geld bezahlen; aber: *durch* Scheck, Postanweisung *
 mit dem Auto, der Eisenbahn, dem Schiff, dem Flugzeug fahren
 jn mit Bitten bestürmen
i *das Recht mit Füßen treten*
i *jm et. mit gleicher Münze heimzahlen*
 Was wollen Sie damit sagen?

 bei Zusammenfassungen: *mit einem Wort* = kurz gesagt

2. Gemeinschaft*)

 Er ist mit seiner Frau nach Wien gefahren.
 Ich freue mich mit Ihnen.
 Ich duze mich mit ihm = rede ihn mit »du« an
 das Haus mit dem roten Dach, der Herr mit der Brille
i *ein Auto, ein Radio mit allen Schikanen* = mit allen Neuheiten
 und Finessen
s *Man muß mit den Wölfen heulen.*
i *das Kind mit dem Bade ausschütten* = et. pauschal ablehnen
 Sie wohnen mit uns im gleichen Haus.
 Verabredung, Vertrag mit
 befreundet, verfeindet, verlobt, verheiratet, gleichzeitig mit

3. modal

Das modale MIT berührt sich oft mit dem vorigen und bezeichnet die Art und Weise und die näheren Umstände eines Geschehens.

 mit großer Freude, vielem Dank habe ich Ihren Brief erhalten
 mit Überraschung, Verblüffung, Bestürzung, Schrecken sahen wir
 dagegen mit Possessivpronomen:
  zu meiner großen Freude, *zu* unserer Überraschung usw.

 mit Fleiß, Geduld, Ausdauer arbeiten
 et. mit Absicht tun; aber: *in guter, böser Absicht*
 et. mit Freuden (alter Dat.), *mit Vergnügen, mit Widerwillen tun*
 mit lauter, leiser Stimme sprechen
 Ich komme mit leeren Händen = ohne Geschenke
i *mit Müh' und Not, mit Ach und Krach* = mit großer Mühe

---

*) Statt *mit* findet sich in literarischem Deutsch öfter die Präposition SAMT, ebenfalls mit Dativ, die aber nicht der Umgangssprache angehört. Umgangssprachlich ist dagegen wieder die zusammengesetzte Form *mitsamt* für ein emphatisches *mit*.

mit Lust und Liebe, mit gutem Gewissen
mit Recht; aber: *zu* Unrecht
mit Verstand, Überlegung, Geduld, Nachsicht, Gewalt
i *mit knapper, genauer Not* einem Unfall, der Verhaftung entgehen
i *mit offenen Augen durch die Welt gehen*
i *Das geht nicht mit rechten Dingen zu* = es ist ein Betrug dabei
  mit einem Mal = plötzlich
  Mit diesen Worten verließ er das Zimmer.
mit 20 Jahren heiraten, sterben
mit der Zeit, mit den Jahren = allmählich, nach und nach

Idiomatisches

in Mitleidenschaft gezogen werden = mit Schaden nehmen
jm übel mitspielen = ihm einen üblen Streich spielen
Ich kann (da) nicht mitreden = ich habe (darin) keine Erfahrung
Wie weit sind Sie mit Ihrer Arbeit?
Ich kann nichts damit anfangen = ich kann es nicht gebrauchen;
                  oder: ich verstehe es nicht
Was ist (los) mit dir? = was hast du?
Mit der Schule ist es wie mit der Medizin: sie muß bitter schmecken,
sonst nützt sie nichts.
bei unkontrollierbaren Behauptungen sagt man: *Hiermit ist es wie*
mit der Weltschöpfung – es ist niemand dabei gewesen.

Adjektive

bekannt, befreundet, verwandt mit
einverstanden, zufrieden mit
vertraut mit, fertig mit
versorgt, versehen mit
mit Schnee bedeckt
mit Arbeit überlastet

Verben mit präpositionalem Objekt

sprechen, diskutieren, sich unterhalten, sich beraten mit jm über et.
verhandeln, kämpfen, sich streiten, sich auseinandersetzen mit
umgehen, verkehren, sich abgeben mit
sich verabreden mit, et. vereinbaren mit
übereinkommen, übereinstimmen mit jm in et.
anfangen, beginnen, aufhören, enden, aussetzen mit
sich befassen, sich beschäftigen mit
sich beeilen, zögern mit
sich begnügen, sich zufriedengeben mit
sparen, geizen mit

vergleichen mit, vergelten mit (Gleiches mit Gleichem, Böses mit Gutem)
sich entzweien, sich versöhnen, sich vertragen mit
versorgen, ausstatten, ausrüsten, bewaffnen mit
betrauen, beauftragen, beehren mit
belästigen mit
rechnen mit (auch auf)
vereinigen mit
einen Vertrag, ein Abkommen, einen Vergleich, einen Kompromiß, Frieden schließen mit

Die mit *mit*- zusammengesetzten Verben sind sämtlich trennbar.

NACH

1. lokal

Das lokale NACH antwortet auf die Frage *wohin?* und bezeichnet die Richtung oder das Ziel einer Bewegung (Gegensatz *von*). Dabei ist wichtig, daß man in gutem Deutsch *nach* nur bei Ortsangaben gebraucht, die **keinen Artikel** haben.

nach Oslo, Norwegen, Skandinavien
nach vorn, oben, rechts
Er sah sich nach allen Seiten um.
die Tür, das Fenster geht nach innen, außen auf
das Zimmer, der Balkon, die Terrasse liegt nach Süden

Hier sagt man ausnahmsweise auch:

Ich möchte kein Zimmer *nach der Straße*, sondern eins *nach dem Hof*.

Aber sonst gebraucht man bei Lokalbestimmungen **mit Artikel** nicht die Präposition *nach*, sondern IN oder ZU:

in die Schweiz, Türkei
in die oder *zur Ludwigstraße*
zur Post, zum Bahnhof usw.*)

Merke: *nach dieser Seite;* aber: *in dieser Richtung*

2. temporal (Gegensatz: *vor*)**)

nach dem Unterricht, nach den Ferien, nach Weihnachten
n. Chr. = nach Christus oder *nach Christi Geburt*

---

*) *nach* ist hier schlechtes Deutsch.
**) Beachte den Unterschied zwischen *nach* und *in*. *Nach* bezeichnet einen Zeitabstand in der Vergangenheit, *in* einen Zeitabstand in der Zukunft:
Er kam *nach einer halben Stunde*. – Er kommt *in einer halben Stunde*.
Sie reiste *nach drei Wochen* wieder ab. – Sie wird *in drei Wochen* wieder abreisen.
vgl. S. 67 IN Zeitpunkt.

s *Nach dem Essen sollst du ruhn oder tausend Schritte tun.*
10 (Minuten) nach 12
einer nach dem anderen
nach Tisch = *nach dem Essen*

3. Übereinstimmung oder Entsprechung (= gemäß)

nach dem Gesetz, nach Paragraph xy, nach der Regel, Gebrauchsanweisung
nach dem Alphabet geordnet = alphabetisch geordnet
ein Anzug, Schuhe nach Maß
Es ging alles nach Wunsch = wunschgemäß
ganz nach Belieben = ganz, wie Sie wollen
nach meiner, deiner, seiner Meinung, Ansicht, Vermutung
das ist ein Buch, ein Auto, ein Mädchen *nach meinem Geschmack*
Nach Goethe irrt der Mensch, solang er strebt.
wenn es nach mir ginge = wenn ich zu bestimmen hätte
nach Noten spielen
Nach menschlichem Ermessen ist der Fall hoffnungslos.
i *jm nach dem Mund reden*
i *sein Mäntelchen nach dem Wind hängen* = Opportunist sein
je nachdem = *je nach den Umständen*
nach bestem Wissen und Gewissen et. tun

NACH in der Bedeutung *gemäß* wird auch als Postposition gebraucht.

Man sagt:

nach meiner Meinung oder *meiner Meinung nach*

Man sagt immer:

der Reihe nach, dem Alter nach, dem Aussehen nach
sicherem Vernehmen nach
Ich kenne ihn nur dem Namen nach = nicht persönlich
i *immer der Nase nach* = immer geradeaus

Verben mit präpositionalem Objekt

1. Ziel einer Bewegung oder eines Verlangens

nach jm oder et. schlagen, stechen, werfen, zielen, schießen, greifen,
langen, sich bücken (= ohne ihn oder es zu treffen oder zu erreichen)
streben, trachten nach Ruhm, Reichtum
sich sehnen, sich verzehren nach der Heimat
fragen, sich erkundigen nach
sich umsehen nach einem Zimmer usw. = suchen
graben nach Schätzen, Altertümern
nach dem Doktor schicken = ihn holen lassen

Im Gegensatz zum transitiven *verlangen*, das eine direkte Forderung bezeichnet, z. B. eine Quittung, einen Beweis, Rechenschaft, Genugtuung verlangen, bezeichnet *verlangen nach* . . . mehr das Innerliche oder Sehnliche oder auch das Höfliche eines Wunsches:

> *der Sterbende verlangt nach dem Pfarrer, dem Sakrament*
> *der Kranke verlangt nach dem Arzt, nach einem Glas Wasser*
> *Der Direktor verlangt nach Ihnen.*

2. Übereinstimmung

> *Es sieht nach Regen aus* = es scheint Regen zu geben
> *es riecht nach Kaffee, Fisch; schmeckt nach Seife*
> *handeln nach dem Grundsatz, der Maxime . . .; nach Gutdünken,*
> *Belieben*
> *sich richten nach*
> *jn, et. beurteilen nach dem Äußeren, dem Augenschein*
> > aber allgemein, ohne Objekt: *urteilen nach dem Augenschein*

Alle mit *nach-* zusammengesetzten Verben sind trennbar.

SEIT

SEIT hat nur temporale Bedeutung und bezeichnet einen Zeitpunkt (oder auch Zeitraum) in der Vergangenheit, von dem an (oder während dessen) etwas geschehen ist oder bis jetzt geschieht (vgl. S. 42 VON - AN).

> *ich habe seit seiner Abreise, seit jenem Tage, seit damals nichts mehr*
> *von ihm gehört*
> *seit einer Stunde, vorgestern, einigen Tagen, letzter Woche regnet es*
> *Die Firma besteht seit über 100 Jahren.*
> *seit langer, kurzer Zeit* = *seit langem, kurzem*
> *seit Menschengedenken*
> *seit unvordenklichen Zeiten*

VON

1. lokal

VON antwortet auf die Frage *woher?*, wenn die Ruhelage durch die Präpositionen *an, auf* oder *bei* angegeben wird (wie *aus* auf die Frage *woher?* antwortet, wenn die Ausgangsposition durch *in* bezeichnet wird).

> *Die Blätter fallen von den Bäumen. – Der Kahn stößt vom Ufer ab.*
> *Er stand vom Tisch auf. – Er kommt von seinem Freund, von Hause,*
> *vom Bahnhof, von der Post* (aber: *aus* dem Kino, Theater)
> *Der Reiter steigt vom Pferd* (er saß *auf* ihm)
> > aber: er steigt *aus* dem Sattel (denn er saß *im* Sattel)

Die Bauern kehren vom Felde heim (sie waren *auf* dem Feld)
aber: Die Soldaten kehren *aus* dem Felde heim (denn sie waren
im Felde = im Krieg)
Er warf die Kleider von sich und sprang ins Wasser.
Er gibt keinen Laut mehr von sich.
von Kopf bis Fuß; vom Scheitel bis zur Sohle; von oben bis unten
von Anfang bis Ende; von A bis Z
Wie weit ist es von hier (bis) zum Bahnhof?
Marathon liegt etwa 40 km von Athen entfernt.
Die Entfernung des Mondes von der Erde beträgt 384 000 km.
er stammt vom Lande, vom Dorf (lebt *auf* dem Dorf), *von einer*
Insel
aber: *aus* der Stadt, *aus* den Bergen

Nur bei Orts- und Ländernamen bildet *von* den Gegensatz von *in:*

er kommt von Dänemark, von Kopenhagen (oder auch: *aus* Dänemark usw.); aber immer: *aus* dem Ausland

Angabe des Geburtsortes und -landes immer mit *aus:*

er kommt, stammt, ist aus Dänemark, Kopenhagen
aber: *er ist, stammt (nicht) von hier*

VON + Adverb: *von vorn, hinten, oben, unten usw.;*

      von nahem, von weitem; von fern und nah

      von der Seite, von beiden Seiten

Dem lokalen Gebrauch entspricht der temporale:

von morgens bis abends; von 1–3 Uhr geschlossen
Von Weihnachten bis Neujahr wird nicht gearbeitet.
In der Nacht von Sonntag auf Montag wurde eingebrochen.
oder: in der Nacht *zum* Montag

2. Reihung (ohne Artikel!)

Der Bettler zieht von Tür zu Tür = von einer Tür zur andern
von Haus zu Haus, von Dorf zu Dorf, von Ort zu Ort, von Land
zu Land
von Stufe zu Stufe sinken
Das Gerücht geht von Mund zu Mund.
die Krankheit wurde von Stunde zu Stunde, von Tag zu Tag
schlimmer
Die Stadt wächst von Jahr zu Jahr = mit jedem Jahr
von Zeit zu Zeit = gelegentlich

3. kausal*)

müde von der Arbeit; ganz erschöpft von dem weiten Weg
ungeduldig, nervös vom langen Warten

---

*) Beim Passiv bezeichnet *von* den Urheber, *durch* die Ursache (vgl. S. 10 DURCH kausal).

> *eine Krankheit kommt vom vielen Rauchen, Trinken, vom ewigen*
> *Sitzen usw.*
> i *Das kommt davon!* = Warum tun Sie das auch?
> *Von dem bißchen kann ich nicht satt werden.*
> *abhängen von*

4. qualitativ

> *eine Frau von 30 Jahren, von großer Schönheit*
> *ein Mann von großer Intelligenz, von Charakter, von Grundsätzen,*
> *von edler Abkunft, vornehmer Herkunft, von Welt*
> *ein Mann vom Fach*
> *ein Buch von Rang, von Format*
> *eine Stadt von großer industrieller Bedeutung, von 300 000 Ein-*
> *wohnern*
> *eine Sache von großer Wichtigkeit*
> *das ist von großem Nutzen, großem Vorteil, großem Gewicht*
> *eine Pause von 10 Minuten, ein Buch von 500 Seiten, ein Betrag*
> *von 20 DM*
> *die Jugend, die Frau von heute*
> *Was sind Sie von Beruf?*
> i *Er ist von altem Schrot und Korn* = gediegen, verläßlich

Bezeichnungen des Materials

> *ein Ring von Gold, eine Tasche von Kunstleder* usw.

sind selten; im allgemeinen gebraucht man *aus* (vgl. S. 29 AUS material).

Beachte noch folgende idiomatische Formen der Emphase:

> *ein Scheusal, Ungeheuer von Mensch*
> *diese Schlafmütze von Kellner* = dieser verschlafene, unauf-
> merksame Kellner
> *dieser Schuft von einem Wirt* = dieser schuftige Wirt
> *ein Prachtstück von einer Münze, Orchidee* usw.

5. anstelle des Genitivs

In der Umgangssprache vertritt VON nicht selten den Genitiv, besonders bei
Namen:

> *das Haus von Herrn Müller* statt: Herrn Müllers Haus

Für das gute Deutsch gilt die Regel, daß VON den Genitiv nur dann vertre-
ten darf, wenn dieser nicht als solcher erkennbar ist, d. h. weder durch einen
Artikel, noch eine Endung, noch ein beigefügtes Adjektiv angezeigt wird.
Das gilt vor allem für den Genitiv Plural und den Genitiv von Stoffnamen.

> *Die Stammformen von »bitten«* sind bitten, bat, gebeten.
> *Das Anlehnen von Fahrrädern* ist verboten!

Die Echtheit und Unechtheit von Kunstwerken ist oft kaum festzustellen.
der Verkauf von Rauchwaren
  aber: der Verkauf unversteuerter Rauchwaren
das Schicksal von Millionen
  aber: das Schicksal vieler Millionen
Die Kenntnis von Fremdsprachen ist heute überall unerläßlich.
  aber: die Kenntnis fremder Sprachen
der Ankauf von Altgold
die Anwendung von Penicillin
ı *das Ende vom Lied* = der Ausgang, das Ergebnis

Den Genitiv von Namen ersetzt man auch in der Hochsprache durch VON:

der König von Schweden, die Umgebung von Helsinki, die Haupt-
stadt von Pakistan
Das Schiff sank auf der Höhe von Dover.
die Olympiade von Los Angeles
die Tagebücher von Kafka; ein Gedicht von Schiller
  aber natürlich auch: Kafkas Tagebücher; die Sicherheit Europas; das
Wirtschaftspotential Brasiliens usw.

Bei Ortsnamen, die auf **-s** oder **-z** enden, muß jedoch VON gebraucht werden:

die Paläste von Florenz; die Plätze von Paris

Schließlich bleibt in diesem Zusammenhang noch anzuführen der **partitive**
Gebrauch von VON:

einer, viele von meinen Freunden = einer, viele meiner Freunde
einer, keiner, jeder von uns, euch, ihnen
das Beste, Schönste, Teuerste von allem
ı *Sind Sie auch von der Partie?* = Werden Sie auch mitkommen?
ein Stück von diesem Kuchen; ein Schluck von meinem Wein;
eine Frucht von diesem Baum
  dagegen ohne nähere Bestimmung einfach: ein Stück Kuchen,
  ein Schluck Wein, eine Menge Bücher, Menschen

Übertragener und idiomatischer Gebrauch

er geht von der Annahme, Voraussetzung aus, daß . . . = er nimmt
an, setzt voraus
sich et. vom Halse schaffen
sich den Ärger von der Leber reden
die Finger von einer Sache lassen = sich nicht damit befassen

Lassen Sie die Finger davon! = 1. reell: Fassen Sie das nicht an!
2. fig.: Kümmern Sie sich
nicht darum!

s *Es ist kein Meister vom Himmel gefallen.*
Er war wie vom Blitz getroffen.

Er fuhr auf wie von der Tarantel gestochen.
Die Arbeit geht ihm leicht von der Hand.
Mir fiel ein Stein vom Herzen, als ich das hörte = ich war sehr
erleichtert
et. nur vom Hörensagen wissen, kennen = ohne eigene Anschau-
ung, nur nach dem, was davon erzählt wird
Ich kenne ihn nur vom Sehen = ohne mit ihm persönlich bekannt
zu sein
von (ganzem) Herzen
vonstatten gehen
von Sinnen sein
vom Leder ziehen = heftig seine Meinung äußern
s *Art läßt nicht von Art.*
weit vom Schuß = außerhalb der Kampfzone (auch fig.)
von meiner Seite, von seiten meines Chefs bestehen keine Bedenken
et. von Fall zu Fall regeln, entscheiden = individuell, nicht allgemein ein für allemal

Mit VON zusammengesetzte Präpositionen

1. lokaler Ausgangspunkt: VON – AUS

Er fährt von Hamburg aus nach Amerika.
Von wo aus hat man die schönste Aussicht? – Von diesem Fenster aus.

übertragen:

von diesem Standpunkt aus = unter diesem Gesichtspunkt
Er ist von Natur aus kränklich.
Er ist von Haus aus Mediziner, wurde aber dann Schriftsteller =
er hat ursprünglich Medizin studiert, wechselte aber dann seinen
Beruf
von mir, ihm aus können wir das machen = ich habe, er hat nichts
dagegen

2. temporaler Anfangspunkt

Beachte, daß VON in temporaler Bedeutung niemals alleine gebraucht wird,
sondern immer nur in Verbindung mit anderen Präpositionen, entweder als
von – bis, oder in den beiden folgenden Verbindungen:

a) VON – AN, VON – AB

von heute an (oder *ab*) wird gespart
von jetzt an (oder *ab*) mache ich es anders
von Sonntag an, von nächster Woche an
Für die Vergangenheit: *von da an (ab); von Stund an*
Die Maschine war *von Anfang an* nicht in Ordnung.

Statt *von wann an? von wann ab?* fragt man meist einfach AB WANN?

Ebenso in Verbindung mit Adverbien und Daten

ab sofort, ab morgen
ab 1. Mai (ersten)

Auch lokal

ab hier, ab Köln kostet die Fahrkarte 60 DM
ab Fabrik, ab Werk

Beachte: *von – an* gebraucht man für die Vergangenheit u n d die Zukunft. *Seit* gebraucht man nur für die Vergangenheit. *Seit* bezeichnet einen bestimmt begrenzten Zeitraum, *von – an* bezeichnet einen Zeitraum, dessen Ende unbestimmt oder unbekannt ist.

b) VON – AUF (nur in festen Wendungen)

wir sind es von Kind auf, klein auf, Jugend auf so gewöhnt
Die Sache muß von Grund auf geändert werden = radikal

Verben mit präpositionalem Objekt

1. Entfernung und Trennung

trennen, lösen, losmachen, loskommen von
getrennt, entfernt sein von
abfahren, abreisen von
ablenken, abbringen, abweichen, abkommen von
unterscheiden von
sich verabschieden von
abstehen, absehen von = verzichten auf

2. Befreiung

befreien, erlösen, frei machen, losmachen von
reinigen, säubern von
jn entbinden von einer Pflicht, Verpflichtung, einem Versprechen
frei von Schuld, von Fehlern; rein von Sünde

3. Herkunft und Ursprung

abstammen, herkommen, herrühren von
von jm et. bekommen, empfangen, erhalten, übernehmen, erben
von jm et. hören, erfahren
von jm et. fordern, verlangen, erwarten
von jm et. beziehen = bei jm et. kaufen
abhängen von

4. partitiv

essen, trinken, probieren von
hören, erfahren, wissen von

reden, sprechen, erzählen, berichten, handeln von*)
jn von et. unterrichten; aber: *jn über et.* informieren
von jm oder *et. behaupten, daß . . .*
    von jm oder *et. nichts (mehr) wissen, hören wollen* = nichts (mehr)
    damit zu tun haben wollen; ablehnen
    leben, sich ernähren von
  i *Ich kann ein Lied davon singen* = ich kenne das zur Genüge
    ich habe ihn, er ist von der Richtigkeit meines Vorschlags überzeugt

Mit VON **zusammengesetzte Verben gibt es nicht. Für** *von* **treten**
die Vorsilben *ab-, los-, weg-* **ein.**

ZU

1. lokal

a) auf die Frage ›**wohin?**‹

    die Straßenbahn fährt zum Theater, zur Universität, zum Zoo,
    zum Karlsplatz, zur Post, zum Bahnhof, zum Sportplatz, zum
    Friedhof
  s *Der Krug geht so lange zum Brunnen, bis er bricht* = tut man
    Verbotenes, Gewagtes oder Dreistes, so geht es vielleicht einige
    Zeit gut, aber eines Tages folgt auf jeden Fall das schlimme Ende.
    der Weg zum Glück, zum Reichtum und Erfolg, zum guten Deutsch
  s *Der Weg zur Hölle ist mit guten Vorsätzen gepflastert.*
    die Tür zum Garten, Keller

Um die bloße Richtung zu bezeichnen, wird ZU **nachgestellt:**

    dem Meere, der Heimat, der Grenze zu fahren
    Die Menge strebt dem Ausgang zu.
    Es geht dem Ende zu = es nähert sich dem Ende

Vgl. auch: *er ging, kam auf mich zu; nach Norden zu wird das Land flacher*
    In stehenden Verbindungen oft ohne Artikel:

---

*) hören *über,* sprechen *über* nennt eine ausführliche Mitteilung; hören *von,* sprechen *von*
bezieht sich auf das allgemeine, unbestimmte Mitteilung oder auch nur die Erwähnung der
bloßen Tatsache. Also
    ich habe noch nichts *davon* gehört, erfahren   aber:
    ich habe noch nichts Genaues *darüber* gehört, erfahren
Handelt es sich um die ausführliche, thematische Behandlung eines Gegenstandes, so muß
es immer *über* heißen:
    sprechen *über das Thema . . .*
    sich unterhalten, diskutieren, konferieren, beraten, verhandeln *über*
    ein Vortrag, eine Vorlesung, eine Radiosendung, ein Buch *über*
Bei Personen machen *von* und *über* einen anderen Unterschied:
    es wird viel *von* ihm gesprochen = neutral oder freundlich
    es wird viel *über* ihn gesprochen, geredet = klatschhaft oder abfällig

zu Tal wandern, fließen
jn zu Grabe tragen
der Wein, das Blut steigt ihm zu Kopf
sich jm zu Füßen werfen; jm zu Füßen liegen, fallen
Ihr Brief ist mir erst gestern *zu Händen gekommen.*
z. Hd. Herrn Behrens = *zu Händen von Herrn Behrens*

In vielen Fällen schließt ZU einen Zweck ein:

zur Schule, Kirche, Messe, zum Gottesdienst gehen (auch *in*)
zum Abendmahl, zu einer Verlobung, Hochzeit, Beerdigung gehen
zur Stadt gehen = um einzukaufen
zu Bett gehen = schlafen gehen
sich zu Tisch setzen = sich zum Essen setzen
    dagegen neutral: *an* den Tisch
zur Bühne, zum Film, zur Zeitung gehen = (Film-)Schauspieler,
    Journalist werden

Immer steht ZU bei Personen:

Er fährt zu seinen Eltern. – Der Professor setzt sich zu den Studenten.
Der Kranke schickt zum Arzt. – Er nimmt nichts mehr zu sich =
er ißt und trinkt nichts mehr
zu Gott beten
er sagte zu ihr*)
Der Rektor spricht zu den Studenten.
    aber: hält eine Ansprache *an* die Studenten
Verwünschungen: *Geh zum Teufel! Scher dich zum Teufel!*
                Zum Henker! Zum Kuckuck! Zum Donnerwetter!

b) bei Ortsangaben (Frage: *wo?*) gebraucht man ZU heute nur noch in festen, z.T. stilisierten Verbindungen:

Schiller wurde 1759 zu Marbach geboren und starb 1805 zu Weimar.
der Dom zu Köln, der Turm(bau) zu Babel
Gasthof zur Post, zum Grünen Baum, zum Roten Ochsen
zu Hause sein; zu Bett liegen, zu ebener Erde wohnen
zu Wasser und zu Lande
hierzulande, dortzulande
zur Rechten, zur Linken
zu beiden Seiten; auch: *auf* beiden Seiten
    dagegen immer: *auf* der einen, anderen, rechten, linken Seite

---

*) Der Unterschied zwischen ›jm et. sagen‹ und ›zu jm et. sagen‹ ist nicht ganz eindeutig. Bei der d i r e k t e n R e d e gebraucht man im allgemeinen ›sagen zu‹. Bei der i n d i r e k t e n R e d e aber setzt man bei einer neutralen oder höflichen Mitteilung zu, ist die Mitteilung aber familiär, so fällt das zu fort:
    er sagte ihr, der Vorfall tue ihm sehr leid
          sie solle sofort kommen
Zusammen mit Akk.-Objekt gebraucht man den reinen Dativ:
    er sagte ihr seinen Namen, ein Kompliment

vgl. auch: *zur Tür, zum Fenster hinaus, hinein, heraus, herein*
i *sein Geld zum Fenster hinauswerfen* = es verschwenden
i *Es geht ihm zum einen Ohr hinein und zum anderen wieder heraus*
   = *er nimmt sich nicht zu Herzen*, was man ihm sagt
zuoberst, zuunterst liegen

2. temporal, verbunden mit den Wörtern *Zeit, Stunde, Anfang, Mal*

z.Zt. (zur Zeit) = jetzt, gegenwärtig; *z. Zt. verreist*
zur rechten Zeit = rechtzeitig; *zur gleichen Zeit* = gleichzeitig
s *Wer nicht kommt zur rechten Zeit, der muß essen, was übrigbleibt.*
Sie kommen zu einer ungelegenen, ungünstigen Zeit, denn . . .
zu gegebener Zeit werden wir . . . = wenn es soweit ist, wenn
die Zeit reif ist
zur Zeit Karls des Kahlen, des Dreißigjährigen Krieges usw.
Zur Stunde ist noch alles unklar = jetzt, augenblicklich
zur selben Stunde
Zu so später Stunde kann man niemanden mehr besuchen.
zu Anfang, zum Schluß*)
zum ersten, zweiten, letzten Mal; zu wiederholten Malen.
zu Weihnachten, zu Neujahr, zu Ostern (oder auch ohne Präposition)
zunächst, zuerst, zuletzt, zuguterletzt
heutzutage
zu Mittag, zu Abend essen

3. modal

z. T. (zum Teil) = teilweise
zum Glück= glücklicherweise; *zur Not*= wenn es nicht anders geht
zu Fuß, zu Pferde, zu Schiff, hoch zu Roß
zu zweien, dreien usw., *zu vielen*
zur Hälfte, zu zwei Dritteln
zu Dutzenden, Hunderten, Tausenden
zu meiner großen Freude, Überraschung, Enttäuschung, Bestürzung,
Erleichterung habe ich gelesen, erfahren, festgestellt
   aber ohne Possessivpronomen:
   mit großer Freude, Überraschung usw.
Zum Entsetzen der Zuschauer verlor der Artist den Halt.
   aber ohne Genitiv: *mit Entsetzen sahen die Zuschauer, wie...*
zum Verwechseln ähnlich; zum Sterben langweilig
Sie weinte zum Steinerweichen
Er ist zum Schießen = sehr komisch

---

*) vgl. folgendes Schema (temporal und lokal):
   ungefähr: *zu Anfang – um die Mitte – gegen Ende*
   genau: *am Anfang – in der Mitte – am Ende*

es ist zum Lachen, Weinen, Heulen, Verzweifeln
Ich habe das nur zum Spaß gesagt = im Spaß, nicht im Ernst
eine Briefmarke zu 20 (Pfennig); ein Kilo Äpfel zu 1,40 DM

4. final (vgl. auch S. 45)

z. B. = *zum Beispiel*
er ist zu etwas Höherem bestimmt, zum Dichter geboren
ich sage, tue das (nur) zu deiner Beruhigung
ich tue das zu meiner Erholung, zu meinem Vergnügen, zu weiter nichts
Ich bitte um ein Exemplar zur Ansicht.
Die Ware steht zum Abholen bereit.
der Chef gibt dem Angestellten eine Akte zur Durchsicht, Korrektur,
zur Vervielfältigung
Er reichte mir die Hand zum Abschied.
zur Verhütung von Unfällen; zur Vermeidung von Mißverständ-
nissen
gratulieren zum Geburtstag, zur Vermählung
einladen zum Mittagessen, zu einem Ausflug, zur Hochzeit
zum Wohl, zum Segen der ganzen Menschheit
zur Förderung der Wissenschaft; zum Besten der Armen
zur Erinnerung an
zu Ehren des Gastes, des Besuches; aber: *ihm zu Ehren*
Was trinken Sie *zum Frühstück, zum Essen?*
Zum Nachtisch gibt es Obst (auch: *als* Nachtisch).
Zur Strafe darf er nicht mitkommen.
Er wandte sich zum Gehen. – Die Musik spielt zum Tanz auf.
Aufforderung zum Tanz; Zeichen zum Angriff
Lesen Sie das zur Übung, zur Wiederholung, zu Ihrer Information!
Wir haben die Augen zum Sehen, die Ohren zum Hören.
Es ist noch zu früh zum Abendessen. – Er ließ sich kaum Zeit zum
Essen. – Es ist zu kalt zum Baden.
Das ist ein Anlaß zum Feiern.

Beachte bei diesen letzten Beispielen besonders: die finale Präposition beim substantivierten Infinitiv ist nicht *für*, sondern *zu!*

Übertragener und idiomatischer Gebrauch (z. T. werden die Ausdrücke adverbiell aufgefaßt und entsprechend geschrieben)

zur Welt kommen = geboren werden
zutage treten = sich zeigen, sich offenbaren
zugrunde legen DA, zugrunde liegen D.
zugrunde richten, gehen = vernichten, vernichtet werden
ich habe Grund zu der Annahme, daß . . .
zu Fall bringen, kommen = stürzen, gestürzt werden
zunichte machen, werden; zuschanden werden

zu Tode kommen = tödlich verunglücken
sich zu Tode grämen
jm zur Seite stehen = ihm beistehen
Sein Unglück geht mir sehr zu Herzen = es tut mir sehr leid
sich et. zu Herzen nehmen = 1. et. beherzigen;
                         2. über et. sehr bekümmert sein
mir ist, wird so seltsam zumute
(nicht) zur Hand sein = (nicht) verfügbar sein
Ich habe das Buch im Augenblick nicht zur Hand.
zur Verfügung stellen, stehen, sein
zur Stelle schaffen; herbeischaffen; *zur Stelle sein* = anwesend
jm et. zur Last legen ⎫
jm et. zum Vorwurf machen ⎬ = ihm et. vorwerfen
jm zur Last fallen = ihm lästig sein
ich kann mit der Aufgabe usw. nicht zu Rande kommen = kann sie
nicht lösen
jm (nicht) zur Ehre gereichen = für ihn (nicht) ehrenvoll sein
zu Besuch sein, kommen; bei jm zu Gast sein
eine Geschichte, Anekdote zum besten geben = erzählen
jn zum besten haben ⎫
jn zum Narren halten ⎬ = ihn foppen
jn zum Feind, Freund haben
sich jn zum Feind, Freund machen
sich jn zum Vorbild nehmen = jm nacheifern
   aber: *sich an jm ein Beispiel nehmen*
zu Felde ziehen gegen jn oder et. = bekämpfen
jn zur Verantwortung, zur Rechenschaft ziehen = verantwortlich
machen
jn zur Rede stellen = jn, der etwas Unrechtes getan hat, darauf
ansprechen
der Tag, das Wasser, das Papier usw. geht zur Neige = ist bald
zu Ende, erschöpft
jm et. zuleide tun = jn verletzen
Die Haare standen mir zu Berge = sträubten sich mir vor
Schrecken, Entsetzen
zu Ende gehen, sein
den Arzt, einen Freund, ein Buch zu Rate ziehen = um Rat
fragen
Er bringt uns zur Verzweiflung mit seiner Langsamkeit.
er gibt Anlaß zu Klagen
Sie neigt zu Übertreibungen. – Sie neigt leicht dazu, die Dinge zu über-
treiben.
ich komme jetzt zum 2., zum wichtigsten, zum Hauptpunkt meines
Vortrags, Referats
sich eine Ansicht zu eigen machen = sie sich aneignen
im Vergleich zu, im Gegensatz zu, im Verhältnis zu . . .

Adjektive

> *freundlich, unfreundlich, höflich, unhöflich usw. zu*
> *bereit, entschlossen, fähig zu*

Verben mit präpositionalem Objekt

> *gehören zu*
> *sagen, sprechen, beten zu*
> *Was sagen, meinen Sie zu dieser Sache?*
> *Man darf dazu nicht schweigen*
> *sich wenden zu* = sprechen zu
>   aber: sich wenden *an* = jn um Rat, Hilfe bitten
> *jn überreden, bewegen, veranlassen, nötigen, zwingen zu*
> *jn machen, ernennen, wählen, krönen, ausrufen, proklamieren, befördern zu*
> *jn auffordern, einladen zu einer Veranstaltung*
> *werden zu; zum Verräter werden an jm oder et.*
> *sich entwickeln zu*
> *jm gratulieren, jm verhelfen zu*
> *jn verurteilen zu einer Geld-, Gefängnisstrafe*
> *Freundschaft, Liebe, Lust, Neigung haben zu*
>   aber: Appetit *auf,* Interesse *für*
> *sich entschließen, sich verpflichten zu*
> *taugen, sich eignen zu*
> *dienen, nützen, beitragen zu*
> *übergehen, überlaufen zu*
> *jm raten zu; ich rate Ihnen zu einer Blutreinigungskur, zu einem Wollkleid* = machen Sie eine B.-Kur, nehmen Sie ein Wollkleid
> *zulassen zu*

Alle mit *zu-* zusammengesetzten Verben sind trennbar.

3. Präpositionen mit Dativ und Akkusativ

Die Präpositionen mit Dativ und Akkusativ gebrauchen den Dativ auf die Frage *wo?* und den Akkusativ auf die Frage *wohin?*. Dieser Unterschied ist im allgemeinen klar und bereitet keine Schwierigkeiten. Es gibt jedoch einige Sonderfälle. In erster Linie handelt es sich dabei um Fälle, in denen die deutsche Sprache ihre eigene Logik hat. So fragt z. B. die deutsche Sprache nicht, wie man erwarten sollte, *wohin komme ich an?*, sondern sie fragt *wo komme ich an?*. Diese Fälle, die der allgemeinen Logik zu widersprechen scheinen, muß man sich also wohl oder übel merken, ebenso wie einige andere, in denen Dativ und Akkusativ von einem Unterschied in der Bedeutung oder auch einfach von der Idiomatik abhängen. Wir fassen hier kurz das Wichtigste zusammen und schicken es der Behandlung der einzelnen Präpositionen voraus.

Auf die Frage ›wo?‹ antworten die Verben

> *anlangen, anlegen, ankommen, eintreffen, einkehren*
> *(sich) verstecken, vergraben*
> *(sich) versammeln, zusammenkommen; sich niederlassen*
> *aufgehen, untergehen*

Bei *verschwinden* kann man sowohl *wo?* als auch *wohin?* fragen:

> *der Dieb verschwand in einen* oder *in einem Hauseingang, in den* oder *in dem Wald*

Aber es muß immer heißen:

> *er verschwand über das Dach, den Zaun, die Mauer*

weil es sich hier nicht um das Ziel der Bewegung sondern um diese selbst handelt.

Ebenso kann man bei den Verben *versenken* und *versinken* D und A gebrauchen, je nachdem, ob man das *wo?* oder das *wohin?* betonen will. Dagegen gebraucht man *senken* und *sinken* immer mit Akkusativ:

> *die Sonne sinkt ins Meer — er senkte den Kopf auf die Brust*

Ebenso werden die Partizipien *versunken* und *vertieft* immer mit A verbunden:

> *in solche Gedanken versunken*
> *in seine Arbeit vertieft*

Auf die Frage ›wohin?‹ antworten die Verben

> *münden, klopfen, eintreten, (sich) einschließen, verteilen, halten*

Logischerweise könnte man von diesen Verben erwarten, daß sie auf die Frage *wo?* antworten, sie antworten aber auf die Frage *wohin?:*

> *die Elbe mündet in die Nordsee*
> *es klopft an die Tür*
> *sie hat sich in ihr Zimmer eingeschlossen*
> *er verteilte sein Geld an die Armen, unter die Armen*
> *er hält die Hand über die Augen*
> i *seine Hand über jn halten* = ihn beschützen, ihn protegieren

Beachte noch folgenden Unterschied:

> *er hielt das Glas in der Hand; er hielt es in die Höhe*
> *er hielt ein Buch unter dem Arm; er hielt es unter die Lampe, ins Licht*

Zu achten ist ferner bei einigen Verben auf den Unterschied zwischen einfacher und zusammengesetzter Form. Die einfache Form (Simplex) hat den Akkusativ, die zusammengesetzte (Kompositum) den Dativ:

hängen an, über A	– *aufhängen an, über D*
binden an, auf usw. *A*	– *festbinden an, auf* usw. *D*
sich klammern an A	– *sich festklammern an D*
sich halten an A*)	– *sich festhalten an D*
sich setzen, sich legen an, auf,	– *sich niedersetzen, sich niederlegen*
unter A	*an, auf, unter D*

Beispiele:

> *er hängt das Bild über den Schreibtisch*
> aber: *er hängt es über dem Schreibtisch auf*
> *er band das Pferd an einen Baum*
> aber: *er band es an einem Baum fest*
> *er legt sich unter einen Baum*
> aber: *er legt sich unter einem Baum nieder*

Vgl. auch den Gebrauch von *vorfahren:*

> *der Wagen fährt vor das Schloß, vor das Theater*
> aber: *der Wagen fährt vor dem Schloß, vor dem Theater vor*

Beim Zusammentreffen zweier Ortsangaben, von denen die eine in der anderen enthalten ist, gebraucht man Dativ und Akkusativ:

> *er setzte sich an einen Tisch in der Ecke*
> *auf eine Bank im Schatten*

Aber das ist natürlich keinerlei Widerspruch, denn der *Tisch in der Ecke* und die *Bank im Schatten* sind jeweils eigene Bedeutungszusammenhänge.

---

*) wird nur fig. gebraucht: *sich an den Befehl, die Vorschriften, die Gesetze halten* = ihn, sie befolgen

Zur Vorsicht sei auch noch auf den Unterschied im Gebrauch von *lehnen* und *sich lehnen* hingewiesen:

> *er lehnt an der Wand* (wo?)
> aber: *er lehnt sich an die Wand* (wohin?)

Auch dies ist nichts Besonderes, es entspricht ganz einfach dem Unterschied von *liegen* und *sich legen, sitzen* und *sich setzen.*

Bei den Verben mit präpositionalem Objekt herrscht im allgemeinen der Akkusativ vor:

> *denken an A, warten auf A, sich verlieben in A, sprechen über A* usw.

Die Verben mit *über* haben sogar sämtlich den Akkusativ. In Zweifelsfällen kann man also einigermaßen sicher sein, mit dem Akkusativ das Richtige zu treffen. Man merke sich aber folgende häufiger vorkommende Verben mit Dativ:

> *zweifeln an D; sich rächen, sich vergehen an D*
> *leiden, sterben an D*
> *erkennen, teilnehmen, sich beteiligen an D*
> *sich irren in D*

Die Verben mit *vor* haben sämtlich den Dativ:

> *sich fürchten vor D; zittern vor D*

Zum Schluß noch eine stilistische Bemerkung. Die Adverbien ›hinein, hinaus‹ usw. soll man im allgemeinen nicht zur Verstärkung der Präpositionen gebrauchen, sondern nur selbständig. Also entweder

> *er ging in das Zimmer, stieg auf einen Baum*   oder
> *er ging hinein, stieg hinauf*   aber nicht
> *er ging in das Zimmer hinein, stieg auf einen Baum hinauf*

Das ist pleonastisch und nur als Emphase erlaubt. Aber beachte das Idiom:

> *an jn herantreten* = sich an jn wenden
> *er trat an mich mit der Bitte heran* = er wandte sich an mich mit
> der Bitte . . . .

Beachte noch folgende besondere Schwierigkeiten oder Abweichungen:

> der Schüler schreibt das Beispiel *in sein Heft, an die Tafel* = er schreibt wirklich
> der Freund schreibt *in seinem Brief, seinem Aufsatz* = er teilt mit
> die Menschen strömen *auf den Markt;* aber: sie strömen *auf dem Markt* zusammen
> er sieht, er blickt (hinunter) *auf die Straße*
> er sieht, er erblickt ein Kind *auf der Straße*
> er klettert *über den Zaun*
> er klettert *unter dem Zaun (hin)durch*
> er ist als Professor *an die Universität Wien* berufen worden

er ist zum Professor *an der Universität Wien* ernannt worden
ich habe einen treuen Freund *an ihm* verloren (durch seinen Fortgang, Tod)
ich habe im Spiel 40 DM *an ihn* verloren
der Kognak brennt *auf der Zunge* (wo?)
die Sonne brennt mir *auf den Kopf* (scheint wohin?)
dieses Vergehen steht *unter schwerer Strafe*
auf dieses Vergehen steht eine schwere Strafe
er folgte seinem Vater *auf dem Thron, in der Regierung*
sie sah *in den Spiegel*
sie sah sich *im Spiegel;* sie erblickte ihr Bild *im Spiegel*
mit 17 Jahren werden die jungen Damen *in die Gesellschaft* eingeführt
in unser Land (nach Brasilien) werden Maschinen eingeführt
in unserem Land (in Brasilien) werden neue Schulbücher, neue Gesetze eingeführt
er nahm die Waise *bei sich* auf (wo?)
er nahm die Waise *in sein Haus, seine Familie* auf (wohin?)
er wurde *in den Klub* aufgenommen (als Mitglied)
er wurde *in der Gesellschaft* unfreundlich aufgenommen (als Gast)
dieser Vorschlag wurde *in der Schweiz* übel aufgenommen
er ist *ins Kloster* eingetreten
in der Unterhaltung, den Verhandlungen ist eine Pause eingetreten
ich habe das Geld *auf der Bank, der Post* eingezahlt
ich habe das Geld *auf Ihr Konto* eingezahlt

AN

1. lokal

AN ist, in konkreter Bedeutung, dem *neben* verwandt; es bezeichnet die seitliche Berührung oder Nähe in allen Fällen, bei denen *in* und *auf* ausgeschlossen sind.

> *Die Landkarte hängt an der Wand. – Er setzte sich an den Tisch. – Die Menge stand Kopf an Kopf. – Bonn liegt am Rhein.*

Der weitere Gebrauch von *an* ist aber von dieser konkreten Bedeutung gelöst und gibt einfach eine allgemeine Ortsangabe:

> *An der Grenze werden die Pässe kontrolliert.*
> *wir fahren in den Ferien ans Meer, an die See, an den Rhein*
> *am Ufer, an der Küste, am Himmel, am Horizont*
> *am Fuß des Berges;* aber: *der Dame zu Füßen*
> *am Anfang, am Ende, am Rande* (des Abgrunds)
> *an der Ecke* = draußen (dagegen: *in der Ecke* = drinnen)
> *an dieser Stelle, an Ort und Stelle* (aber: *auf der Stelle* = sofort)

Ring am Finger, Wunde am Kopf (aber: *im* Gesicht), *Orden an der Brust*
Er zittert am ganzen Leibe.
Er hatte ein Mädchen am Arm. Aber: sie gingen Arm *in* Arm
Hunde müssen an der Leine geführt werden.
Professor an der Universität X., Lehrer an einem Gymnasium
das älteste Geschäft am Platze = am hiesigen Ort
an Bord, an Deck
a.a.O. = am angeführten Ort (bei Zitaten und Hinweisen = l.c.)
die Blätter, Früchte am Baum; aber: die Vögel *auf* dem Baum
die Katze am Schwanz ziehen, jn an den Haaren ziehen
jn an der Nase, am Arm fassen
jm et. an einem Beispiel zeigen

übertragen

an den Tag, ans Licht bringen, kommen = offenbar machen, werden
s *Die Sonne bringt es an den Tag* = es kann nichts verborgen bleiben
an die Reihe kommen, an der Reihe sein
an die Luft gehen = ins Freie
einen Mieter, Angestellten an die Luft setzen = hinauswerfen
jm et. an den Kopf werfen = ihm et. zum Vorwurf machen
jn oder et. an den Pranger stellen = dem öffentlichen Tadel aussetzen
ans Werk, an die Arbeit gehen
Er ist an den Bettelstab gekommen = arm geworden
Er nagt am Hungertuch = ist sehr arm
i *jn an der Nase herumführen* = zum Narren halten
i *das ist an den Haaren herbeigezogen* = ein ganz künstliches Argument
nicht mehr am Leben sein
er hängt sehr an seiner Mutter, seiner Heimat = liebt sie sehr
Ich an deiner Stelle würde die Sache anders machen.
Hier ein Brief an Sie. – Ich habe eine Bitte an Sie.
jm et. ans Herz legen = ihn bitten, sich darum zu kümmern
Das liegt mir sehr am Herzen = ich nehme großen Anteil daran
    aber: ich habe et. *auf* dem Herzen = habe eine Bitte, ein Anliegen
Es ist mir (nicht) viel daran gelegen = ich habe (kein) großes Inte-
resse daran
Woran liegt das? = wie kommt das?
Das liegt an der Kälte = das kommt von der Kälte
Das liegt (nicht) an mir = ich bin (nicht) schuld daran
das Schönste, Beste, Dümmste, Schlimmste an der Sache ist, daß ...
Er ist (nicht) gut daran = es geht ihm (nicht) gut
Soviel an mir ist, geht die Sache in Ordnung = was ich dazu tun
kann, werde ich tun
an einem Gerücht, Gerede, Buch, Film usw. ist nichts oder *nicht viel
daran* = sie taugen nichts oder nicht viel

es geht ihm ans Leben, an den Kragen = es wird lebensgefährlich
Solche Dinge sind hier an der Tagesordnung = üblich, nichts Besonderes
an sich

2. temporal bei Tagen und Tageszeiten (immer mit Dativ; die Frage *wann?* entspricht der Frage *wo?*)

am Morgen, Vormittag, Mittag, Nachmittag, Abend
aber: *in* der Frühe, Dämmerung, Nacht: *um* Mitternacht
Der Bankraub geschah am hellichten Tage.
am Sonntag, am ersten Weihnachtstag, am 1. Januar
(Die Feste gebraucht man im allgemeinen ohne Präposition oder mit *zu: (zu) Weihnachten, Sylvester, Neujahr, Ostern, Pfingsten* waren wir bei meinen Eltern)

für VON – AN s. S. 42.

3. quantitativ bei ungefähren Zahlenangaben (mit Akk.)

Die Ausstellung hatte an eine Million Besucher.
Das Buch kostet an die 40 Mark.
Sie ist schon an die sechs Mal operiert worden.

4. determinativ zur näheren Bestimmung von Nomen und Adjektiven (mit Dativ)

Er ist noch jung an Jahren. – Wir waren zwölf an der Zahl.
gesund, krank an Leib und Seele
Kants Leben war arm an äußeren Begebenheiten.
Das Land ist reich an Bodenschätzen.
der Aufwand, Verlust, Gewinn an Zeit, Geld
es herrscht Mangel, Überfluß an allem
aus Mangel an Zeit, Gelegenheit
es fehlt ihm an Geduld, Ausdauer, Fleiß, Kenntnissen, Geld
jn übertreffen, jm überlegen sein an Können, Kenntnissen
    aber: *in* nichts, *in* allem, *in* vielem
jm (nicht) nachstehen an; aber: *in* nichts, *in* allem, *in* vielem
zunehmen, abnehmen, gewinnen, verlieren an Intensität, Umfang, Ansehen usw.
an diesem Maßstab gemessen

vgl. besonders *was . . . an*

was das Leben an Freuden bietet, was es an Leiden gibt . . .
Was es alles an Illustrierten gibt, übersteigt den Bedarf bei weitem.
Er liest alles, *was ihm an Reisebeschreibungen in die Hände kommt.*
Was man nicht alles an Geschmacklosigkeiten, Frechheiten, Enttäuschungen erleben muß!

Verben mit präpositionalem Objekt

1. mit Akkusativ

> *glauben, denken an* (auch: *Glaube, Gedanke an*)
> *(sich) erinnern, (sich) gewöhnen an (Erinnerung, Gewöhnung an)*
> *grenzen an; abtreten an; verteilen an*
> *senden, schicken, liefern, schreiben, adressieren, telegraphieren an*
> *einen Brief, eine Bitte, das Wort richten an*
> > aber: den Blick richten *auf*
> *sich wenden an*
> *gebunden, geknüpft sein an*
> > *ich bin an ein Versprechen, meine Freunde gebunden*
> > *die Erfüllung ist an folgende Bedingung geknüpft*
> *sich klammern an*
> i *sich an einen Strohhalm klammern* = sich leere Hoffnungen machen
> *sich halten an A* hat übertragene Bedeutung, z.B. *sich an die Vorschriften, die Abmachungen halten*
> > dagegen mit D: sich festhalten *an dem Geländer, dem Griff* usw.

2. mit Dativ

> *erkranken, leiden, sterben, zugrunde gehen an*
> *teilnehmen, sich beteiligen an*
> *sich vergehen, sich versündigen, sich vergreifen an*
> *seinen Ärger, Zorn, Haß auslassen an*
> *schuld sein an*　　*(Schuld an)*
> *zweifeln an*　　　*(Zweifel an)*
> *sich rächen an*　　*(Rache an)*
> *jn hindern an*
> *viel, wenig, et., nichts auszusetzen haben an jm.* oder *et.*
> *vorbei-, vorübergehen, -kommen, -fahren* usw. *an*
> *sich stoßen an*
> > *ich habe mir das Knie am Tisch gestoßen*
> > auch fig.: *ich stoße mich an seiner Grobheit*
> > > = *nehme an seiner Grobheit Anstoß*

AN mit dem Dativ bezeichnet besonders

a) Teilgeschehen (unvollständige Durchführung)

> *er arbeitet, schreibt an seiner Dissertation*
> *sie strickt an einem Pullover, stickt an einer Decke*
> *Die Arbeit zehrt an seiner Gesundheit.*

b) das (Wieder-) Erkennungsmittel

»An ihren Früchten sollt ihr sie erkennen.«
Ob es gut oder schlecht ist, wird *sich an den Folgen zeigen.*
jn an der Stimme, der Gestalt, dem Gang (wieder-)erkennen

c) den Gegenstand angenehmer Empfindung

Freude, Gefallen, Geschmack, Interesse an et. haben oder *finden*
sich ergötzen, weiden, erquicken, laben an
sich freuen, sich begeistern an

(Der Unterschied zu *sich freuen über* und *sich begeistern für* ist nicht ganz
leicht zu bestimmen. AN scheint man zu gebrauchen

1. wenn das Gefühl sich nicht an der Vorstellung, sondern an der wirklichen
   Gegenwart seines Gegenstandes entzündet; ich kann mich *an* einem
   Bild nur begeistern, wenn ich es wirklich vor Augen habe
2. wenn es sich um eine häufige Wiederkehr des Gefühls handelt:
   ich freue mich immer wieder an . . ., ich begeistere mich immer wieder an . . .)

Alle mit *an-* zusammengesetzten Verben sind trennbar.

AUF

1. **lokal** bezeichnet AUF die Berührung von oben, während *über* einen Abstand voraussetzt.

Die Katze sitzt auf dem Dach. – Der Reiter steigt aufs Pferd. –
Die Mutter trug das Kind auf dem Arm.
auf dem Stuhl, der Couch sitzen; aber: *im* Sessel, Liege-, Lehnstuhl
auf dem Berg, auf der Spitze des Berges
Dann erweitert sich die Bedeutung zur Ortsangabe überhaupt:

»Es ist auf Erden (alter Dat.) *alles unvollkommen; das ist das alte*
Lied der Deutschen.« (Hölderlin)
auf dem Balkon, der Veranda, dem Gang, dem Korridor, der Treppe
auf dem Hof, der Straße, der Brücke, dem Platz, dem Markt, dem
Schloß
auf dem Feld, der Wiese, der Heide (im Garten, Park, Wald)
das Zimmer, Fenster geht auf den Garten, den Hof, die Straße
die Tür geht, führt auf den Korridor, den Balkon (ins Nebenzimmer)
auf dem Land, dem Meer, dem See, der Insel, dem Schiff
auf dem Rücken, dem Bauch, der Seite liegen, schlafen
jm auf die Schulter klopfen
jn auf den Mund, die Backe, die Stirn küssen
auf einem Ohr taub, auf einem Auge blind sein
auf dieser, auf jener Seite; auf Seite 20

AUF verbindet sich auch mit Substantiven, die einen Vorgang bezeichnen:

auf eine Reise, auf die Jagd gehen; auf Reisen sein = verreist sein
*auf dem Ausflug, auf der Fahrt, der Flucht, der Ausstellung, der
Messe, der Konferenz, dem Kongreß, dem Ball, der Hochzeit
auf der Suche nach
sich auf den (Heim-)Weg machen* = aufbrechen
ich bin auf dem Wege, et. zu tun = ich bin im Begriff, es zu tun
*Das ist nur auf Umwegen, nicht auf direktem Wege zu erreichen.
Werden wir auf demselben oder auf einem anderen Weg zurückkehren?*

In der Umgangssprache gebraucht man AUF häufig statt *in, an, zu* zur Angabe der Funktion:

er ist auf seinem Zimmer (= in); *der Kranke liegt auf Zimmer 12
er geht auf die Schule, aufs Gymnasium* (= in, zu)
er studiert auf der Universität Köln (= an)
auf die Post, Bank bringen (= zur)

Übertragener und idiomatischer Gebrauch

Auf Einfuhrwaren liegen hohe Steuern und Zölle.
In Deutschland kommen auf 100 Männer 114 Frauen.
et. auf dem Herzen haben = eine Bitte, ein Anliegen haben
die Sache hat nichts, nicht viel auf sich = ist bedeutungslos
jn auf frischer Tat ertappen
Die Schnelligkeit geht meistens auf Kosten der Gründlichkeit.
die Getränke gehen auf meine Kosten, auf meine Rechnung = ich
bezahle sie
Die Strafe folgte auf dem Fuße = sofort, unmittelbar
mit beiden Füßen auf der Erde stehen = Realist, kein Phantast sein
Diese Annahme steht auf schwachen Füßen = ist kaum haltbar
ich kann mich vor Hunger, Müdigkeit kaum auf den Beinen halten
= ich falle um vor Hunger, Müdigkeit
Diese Hoffnung ist auf Sand gebaut = hinfällig, leer
Er ist ganz auf sich selbst gestellt = hat keine fremde Hilfe
jn auf die Probe stellen
die Probe aufs Exempel machen
einen Arbeiter, Angestellten auf die Straße setzen = entlassen
auf der Straße liegen = arbeitslos sein
auf der Lauer liegen
auf dem Sprunge sein, et. zu tun = im Begriff
Die Vor- und Nachteile liegen auf der Hand = sind offenkundig
jm auf der Tasche liegen = auf seine Kosten leben
auf dem Trockenen sitzen = kein Geld mehr haben
et. auf die lange Bank schieben = aufschieben, hinauszögern
auf die schiefe Bahn geraten = verdorben werden
auf den Tisch schlagen = energisch werden

jn auf den Arm nehmen = ihn zum besten haben
jm auf die Sprünge helfen = in Bewegung bringen
jm auf die Nerven gehen = ihn nervös machen
jn auf die Palme bringen = ihn reizen, nervös machen
jm auf den Zahn fühlen = ihn gründlich ausfragen oder prüfen
jn auf Herz und Nieren prüfen = gründlich prüfen
eine Sache auf den Kopf stellen = verdrehen; das Gegenteil behaupten
Er ist nicht auf den Kopf gefallen = er ist klug
Er ist nicht auf den Mund gefallen = er ist wortgewandt
auf der Hut sein = vorsichtig sein, aufpassen
auf glühenden Kohlen sitzen = ungeduldig warten
(nicht) auf seine Kosten kommen = seine Erwartungen (nicht) erfüllt sehen
Das geht auf keine Kuhhaut = ist unerhört
et. auf die Spitze treiben = das rechte Maß überschreiten
auf großem Fuße leben = aufwendig, verschwenderisch leben
sich aufs Glatteis begeben = sich einer Widerlegung, einer Blamage aussetzen
Sie wollen mich aufs Glatteis führen = wollen mir eine Falle stellen
s *Wenn es dem Esel zu gut geht, geht er aufs Eis.*
das kommt, läuft auf dasselbe hinaus = ist im Endeffekt dasselbe

Formelhafte Ausdrücke (alle mit Akkusativ)

großen (keinen) Einfluß haben auf
Wert, Gewicht legen auf
einen Antrag stellen auf = beantragen
Anspruch machen, erheben auf; sich Hoffnung machen auf
ein Recht, Anrecht haben auf
Rücksicht nehmen auf
die Aufmerksamkeit lenken auf = *aufmerksam machen auf*
Geld auf ein Konto einzahlen, überweisen
Auf die Listenpreise gewähren wir $20^0|_0$ Rabatt.
ein Hoch, einen Toast, einen Trinkspruch ausbringen auf
wir erheben das Glas, stoßen an, trinken auf
auf den Einfall, den Gedanken, die Idee kommen, et. zu tun
   Wie kommen Sie darauf? = warum glauben Sie das?
einen Angriff machen auf
einen guten, schlechten Eindruck machen auf jn
(nicht) gut auf jn oder et. zu sprechen sein = (k)eine gute Meinung von jm oder et. haben
et. auf sich beruhen lassen = sich nicht weiter damit beschäftigen
Das Kind ist auf den Namen seines Großvaters getauft.
der Paß lautet, ist ausgestellt auf den Namen Horn
jn auf Schadenersatz verklagen

2. temporal steht AUF in der Umgangssprache öfter statt *für* und bezeichnet einen künftigen Zeitraum oder Zeitpunkt*):

>*Wir verreisen morgen auf vier Wochen.* (= für)
>*Er hat das Haus auf 5 Jahre gemietet.*
>*Das wird auf immer ein Geheimnis bleiben.* (= für immer)
>*Das Taxi ist auf 4 Uhr bestellt.*
>*Der Einbruch geschah in der Nacht von Sonntag auf Montag.*
>   oder: in der Nacht *zum* Montag
>i *Er verschwand auf Nimmerwiedersehn.*
>i *auf immer und ewig* = für immer
>*Ich gehe nur auf einen Sprung fort* = komme sofort zurück

3. Folge

>*Die Reaktion erfolgte Schlag auf Schlag* = unmittelbar
>*Welle auf Welle*
>s *Auf Regen folgt Sonnenschein.*
>s *Wein auf Bier, das rat' ich dir;*
>*Bier auf Wein, das laß sein!*

Beachte: *hierauf, darauf* = dann (temporal)
            daraufhin = aufgrund dessen (kausal)

4. modal

>*auf diese, jene, jede, keine, folgende Weise*
>*auf jeden, keinen Fall; auf alle Fälle*
>*aufs Geratewohl, auf gut Glück et. tun*
>*auf Gedeih und Verderb* mit jm oder et. verbunden sein
>*jm auf Gnade und Ungnade ausgeliefert sein* = ganz in seiner Gewalt sein
>*Kampf auf Leben und Tod*
>*auf den Tod erkrankt sein; auf den Tod daniederliegen*
>*et. auf Kredit, auf Raten kaufen;* aber: *gegen bar*
>*et. auf Treu und Glauben annehmen* = 1. vertrauensvoll
>   2. leichtgläubig
>*jm auf Schritt und Tritt folgen* = überall
>*auf Ehrenwort versichern, versprechen*
>*Das Kind gehorcht aufs Wort* = unverzüglich
>*auf der Stelle* = sofort
>   aber: *an* Ort und Stelle = am betreffenden Ort selbst
>*auf der Stelle treten* = nicht vorwärtskommen (wörtl. und fig.)

---

*) Bei *verschieben* gibt man den **Zeitraum** durch den reinen Akkusativ oder *um* an:
Wir haben den Ausflug (um) vier Wochen verschoben.
   den **Zeitpunkt** durch *auf:*
wir haben den Ausflug auf morgen nachmittag, nächsten Sonntag, kommende Woche verschoben

auf einmal = 1. gleichzeitig, zusammen; 2. plötzlich
pünktlich auf die Minute, Sekunde = ganz pünktlich
auf den i-Punkt genau = ganz genau
auf deutsch, englisch
Es geschah wie auf Verabredung.
auf den ersten Blick
aufs beste, schönste, herzlichste = sehr gut, schön, herzlich adv.
aufs höchste erstaunt, verwundert = außerordentlich erstaunt
aufs neue = wieder, noch einmal

5. kausal

aufgrund seiner Begabung, seines guten Zeugnisses hat er ein Stipendium bekommen
auf Befehl, Anweisung, Veranlassung, Empfehlung, Einladung
auf Anraten, Bitten, Wunsch, Verlangen
auf Bestellung
auf Ihr Schreiben, Ihre Anfrage vom 7. 8. teilen wir Ihnen mit,
daß . . . (Geschäftsbrief)

Das kausale AUF wird häufig durch *hin* verstärkt:

auf diese Nachricht hin = aufgrund dieser Nachricht
auf seine Empfehlung hin = aufgrund seiner Empfehlung
auf ein Zeichen hin
daraufhin = aufgrund dessen

Adjektive

böse, neidisch, eifersüchtig auf
neugierig, gespannt, begierig, versessen auf
stolz auf; angewiesen auf

Verben mit präpositionalem Objekt

1. mit Akkusativ

antworten auf
warten, hoffen, seine Hoffnung setzen auf
bauen, rechnen auf (auch rechnen *mit*)
sich freuen, sich vorbereiten, sich einstellen auf
achten, aufpassen, aufmerksam machen auf
auf jn hören = seinem Rat folgen
    warum hast du nicht *auf mich, meinen Rat, meine Warnung*
    gehört?
vertrauen, sich verlassen auf
(sich) stützen, (sich) gründen auf
sich berufen, (sich) beziehen auf
anwenden, zurückführen auf

abzielen, ausgehen, es abgesehen haben auf
 ich weiß nicht, *worauf er hinaus will* = *worauf er abzielt*
anspielen, hinweisen auf
zu sprechen kommen, zurückkommen auf
 ich komme gleich auf diese Frage zurück
eingehen, sich einlassen auf einen Vorschlag, eine Bedingung
 aber: sich *mit* jm einlassen
herabsehen auf = verachten
verzichten auf; hereinfallen auf
ankommen auf = abhängen von
 es kommt darauf an = je nachdem
 ich lasse es darauf ankommen = ich unternehme jetzt nichts
 mehr, sondern warte ab, wie die Geschichte sich entwickelt
sich belaufen auf

2. mit Dativ

bestehen, beharren auf
beruhen auf D; aber: *sich gründen auf A*

Alle mit *auf-* zusammengesetzten Verben sind trennbar.

HINTER

HINTER ist das Gegenteil von *vor* und hat nur lokale Bedeutung:

Die Garage liegt hinter dem Haus. – Er sah hinter den Schrank.
Mach, schließ die Tür hinter dir zu!
Der Staatsmann hat alle Parteien hinter sich = auf seiner Seite
Bald lag, bald hatte ich die Hälfte des Weges hinter mir.
Wir haben jetzt das Schlimmste hinter uns = überwunden, überstanden
Hinter unserem Rücken spricht er schlecht über uns.
Plötzlich sprang ein Mann hinter einem Baum hervor.

Wenn der eine oder beide Gegenstände sich in Bewegung befinden, heißt es *hinter* ... *her*, seltener *hinter* ... *drein* (immer mit Dativ):

ich ging, lief, rannte, fuhr hinter ihm her = folgte ihm; ging, lief
usw. ihm nach
Ein Stein flog hinter ihm her = ihm nach
Sie riefen hinter mir her = mir nach
Er schickte einen Boten hinter uns her.
hinter jm oder et. *her sein* = jn oder et. für sich zu gewinnen,
zu bekommen suchen
i *Er ist hinter dem Geld her wie der Teufel hinter der armen Seele.*

Idiomatisches

Es steckt et. dahinter = es ist eine Absicht, eine List, ein Betrug dabei

es ist nichts, nicht viel dahinter = ist unbedeutend

Ich kann nicht dahinter kommen, was die Sache bedeutet = ich kann ihre Bedeutung, ihren Zweck nicht herausbekommen, herausfinden

Ich bin noch nicht dahinter gekommen, was die Sache bedeutet.

i *Er ist noch nicht ganz trocken hinter den Ohren* = ist noch jung und unreif

i *Er hat es faustdick hinter den Ohren (sitzen)* = ist ein großer Schelm

i *Ich werde es mir hinter die Ohren schreiben* = werde es mir merken

i *jn hinters Licht führen* = jn irreführen, belügen

i *er hält mit seiner Meinung, seiner Absicht hinter dem Berge* = verbirgt sie

Verben mit präpositionalem Objekt

zurückbleiben hinter D, zurückstehen hinter D = nachstehen D
nicht hinter jm zurückstehen wollen = sich durch ihn nicht übertreffen, nicht beschämen lassen wollen an Großzügigkeit

Alle mit *hinter-* zusammengesetzten Verben sind *untrennbar*.

IN

1. lokal

er ist im Zimmer, Haus, Garten, Park, Wald
wir fahren in die Stadt, in die Berge, ins Gebirge, in die Heimat, ins Ausland
sie waren in den Ferien in Berlin, in Deutschland, in der Schweiz
    aber: fuhren *nach* Berlin, *nach* Deutschland, *in* die Schweiz;
    vgl. NACH lokal S. 36
Die Sonne geht im Osten auf und im Westen unter.
Die Soldaten ziehen ins Feld = in den Krieg
    aber: die Bauern fahren *aufs* Feld
das Kind geht in die (oder zur) Schule, in die (zur) Kirche.
der Student geht ins Café, Restaurant, Hotel, Kino, Theater, Konzert, ins Kolleg, in die Vorlesung
in der Sonne, im Schatten liegen
im Sonnen-, Mondschein, im Regen, im Schnee spazierengehen
im Freien, in der freien Natur übernachten
im Liegestuhl liegen, im Sessel sitzen; aber: auf dem Stuhl
sich in den Finger schneiden

Die Dame sieht in den Spiegel, besieht sich im Spiegel.
jm et. ins Ohr flüstern
Gehen Sie in dieser Richtung! (Dativ!)
die Turner, die Soldaten stehen in Reih und Glied
im Vordergrund, im Hintergrund, in der Mitte
jn in den Arm nehmen; Arm in Arm; Hand in Hand

Übertragener und idiomatischer Gebrauch

Deutschland liegt im Herzen Europas.
er steht, starb in der Blüte seiner Jahre
Ich wasche meine Hände in Unschuld = ich bin unschuldig
».. . und führe uns nicht in Versuchung.«
s *Wer sich in Gefahr begibt, kommt darin um.*
Schreiben Sie Ihren Aufsatz zuerst ins Unreine und dann ins Reine!
jm ins Wort, in die Rede fallen = ihn unterbrechen
in Brand stecken = anzünden; *in Flammen stehen* = brennen
in die Luft sprengen; in die Luft fliegen = explodieren
in die Flucht schlagen; in Furcht und Schrecken versetzen
jn in Verlegenheit bringen; in Verlegenheit kommen, sein
in Not, Gefahr, Schwierigkeiten geraten, sein
in Verfall, Verlust, Vergessenheit geraten
in Begeisterung, Aufregung, Sorge, Verzweiflung geraten
in ihrer Angst, Verzweiflung, Ratlosigkeit wußte sie sich nicht zu helfen
ich tue das in der Absicht, Meinung, Hoffnung, Ihnen zu nützen
in großer Sorge, Unruhe sein wegen
in Freud und Leid; im Leben und im Sterben
in Trauer, in Schwarz sein = Trauerkleidung tragen
in Pantoffeln, in Hemdsärmeln, im Schlafanzug herumlaufen
in Mode kommen, sein
in Gedanken versunken sein; in die Arbeit, Lektüre vertieft sein
das Haus ist im Bau; das Buch ist im Druck
et. in die Wege leiten; et. in Gang bringen
in Gang kommen; im Gange sein
et. in Ordnung bringen; in Ordnung sein
    Seien Sie ganz beruhigt, *das geht in Ordnung* = das wird ge-
    macht werden
et. ins Werk setzen
Der Zug setzt sich in Bewegung = beginnt zu fahren
ein Gerücht, neues Geld in Umlauf setzen
et. in Frage stellen = 1. bezweifeln, 2. gefährden
    der Erfolg ist in Frage gestellt = gefährdet
in Frage kommen = ein Gegenstand der Wahl sein
    das kommt (gar) nicht in Frage = ist unmöglich, indiskutabel
et. in Erwägung, in Zweifel ziehen = et. erwägen, bezweifeln
Verhandlungen in die Länge ziehen

et. in Gebrauch nehmen
jn in Verdacht haben
in den Verdacht geraten, im Verdacht stehen, gestohlen zu haben
in Sicht-, Ruf-, Hör-, Reichweite sein, liegen (Gegenteil: *außer*)
Sie liegen sich in den Haaren = haben Streit
sich in die Haare geraten = Streit bekommen
Die Welt liegt im argen = das Schlechte hat die Oberhand
im Sterben liegen
Er fühlt sich nicht wohl in seiner Haut = die augenblickliche
Situation ist ihm unangenehm
sie leben in glücklicher Ehe, in Scheidung
Lassen Sie mich in Ruhe, in Frieden!
s *Es kann der Frömmste nicht im Frieden bleiben,* wenn es dem bösen
Nachbarn nicht gefällt. (Schiller)
er ist gut, schlecht, schwach in Geographie, Mathematik
Er ist ein Gauner, wie er im Buche steht = durch und durch
sein Schäfchen ins Trockene bringen = seinen Vorteil wahrnehmen
jm einen Floh ins Ohr setzen = ihm einen unmöglichen Plan
einreden
Er hat nicht alle Tassen im Schrank = er ist ein wenig verrückt
jn, alle Möglichkeiten in der Hand haben = ihn, sie ganz in seiner
Macht haben
Hand in Hand arbeiten = gut zusammen arbeiten
seine Hand im Spiele haben = heimlich mitbestimmen
jn, et. im Zaum halten = in Schranken halten, bezähmen, mäßigen
jn ins Gebet nehmen = ihn ernst und eindringlich ermahnen
jn in die Enge treiben = ihn jagen (wirklich und übertragen)
jm in die Falle gehen = auf seine List hereinfallen
in der Tinte sitzen, in der Klemme sein = in einer schwierigen Lage
sein
jn, et. im Auge behalten = ihn ständig beobachten, es nicht vergessen
der Vorteil, Nachteil springt in die Augen = ist offenkundig
dieses Kleid, dieser Ring sticht mir in die Augen = gefällt mir sehr,
ich möchte es, ihn haben
jn über eine Sache im Unklaren, im Zweifel lassen
ich bin mir über diese Sache im Zweifel, im Unklaren, nicht im
Klaren
Ich bin darüber im Bilde = bin darüber informiert, weiß darüber
Bescheid
im Trüben fischen = unsaubere Geschäfte machen
in die Brüche gehen = zerbrechen
im Begriff sein, et. zu tun = es gerade beginnen wollen
et. im Sinn haben = et. vorhaben, planen
das will mir nicht in den Sinn, Kopf = ich kann das nicht be-
greifen

Sie hat große Rosinen im Kopf = hat übertriebene Vorstellungen von sich, ihren Fähigkeiten, ihren Chancen
Sein Erfolg ist ihm in den Kopf gestiegen = hat ihn hochmütig, eingebildet gemacht
Was ist dir in den Kopf gestiegen? = was fällt dir ein?
    aber: der Wein ist mir *zu* Kopf gestiegen
sich für jn oder *et. ins Zeug legen* = sich für jn, et. einsetzen
jn in Schutz nehmen = verteidigen
Unsere Reise liegt noch in weiter Ferne = findet noch lange nicht statt
Unsere Reise fällt ins Wasser = findet nicht statt
ein Schlag ins Wasser = ein Fehlschlag, Mißerfolg
Wasser ins Meer schütten = et. Überflüssiges, Nutzloses tun
Öl ins Feuer gießen = einen Streit schüren
in Rätseln sprechen = unverständlich
in Erscheinung treten = sich zeigen
eine Fahrt ins Blaue = ins Ungewisse, mit unbekanntem Ziel
in See stechen = abfahren, auslaufen (von Schiffen)
in den Tag hinein leben = ohne sich um die Zukunft Sorgen zu machen
in Saus und Braus leben = aufwendig, verschwenderisch leben
in dieser Sache, Angelegenheit
in diesem Sinne, in dieser Hinsicht, Beziehung, in diesem Zusammenhang
in diesem Fall; aber: *unter* diesen Umständen
In Beantwortung Ihres Schreibens vom 8. 8. teilen wir Ihnen mit
herzliche Grüße *auch im Namen meiner Frau, meiner Eltern*
im Namen des Gesetzes
Bibliotheksdirektor i. R. = *im Ruhestand*
im Dienst
Die Sache hat es in sich = ist schwierig

2. temporal (immer mit Dativ; die Frage *wann?* entspricht der Frage *wo?*)

a) Zeitraum = innerhalb, während

Ich höre das *zum erstenmal in meinem Leben.*
Im Leben nicht! = nie! als Ausdruck emphatischer Verneinung
Die Stenotypistin schreibt *120 Silben in der Minute.*
In kurzer Zeit hatte er die Aufgabe gelöst.
im Handumdrehen, im Nu war die Reparatur fertig = in ganz kurzer Zeit
in der Frühe, der Dämmerung, der Nacht
    aber: *am Tage, am Morgen usw.*
in der nächsten Woche, im vorigen Monat (auch reiner Akkusativ: nächste Woche, vorigen Monat)

im Mai, in der heißen Jahreszeit, im Frühling, Sommer usw.
im vergangenen, im kommenden Jahr (auch reiner Akkusativ: vergangenes, kommendes Jahr)
im Frieden, im Kriege, in Friedenszeiten, in Kriegszeiten
in der Jugend, im Alter; in seinem Alter
Er verlor seine Eltern *im Alter von 12 Jahren* (oder: mit 12 Jahren)
in alter Zeit, im Altertum, Mittelalter, in der Neuzeit
im 2. Jahrtausend v. Chr., im 19. Jahrhundert
im Zeitalter der Reformation (oder: *zur* Zeit der Reformation)
In Zukunft werden wir vorsichtiger sein.

b) Zeitpunkt

in diesem, im selben, im gleichen Augenblick
aber: *zur* selben, *zur* gleichen Zeit

Besonders mit Futurbedeutung = nach Verlauf von:

In einer Stunde ist die Reparatur fertig.
Er kommt *in einer Woche.*
In Kürze (manchmal liest man auch: *in Bälde*) werden wir Genaueres erfahren = bald

vgl. S. 36 NACH temporal

3. modal (mit Dativ)

»Im Schweiße deines Angesichts sollst du dein Brot essen.«
im Zickzack gehen, im Bogen um et. herumgehen
im Laufschritt, im Galopp
in großer Hast, Eile; in wilder Flucht
im Handumdrehen, im Nu = ganz schnell
jm et. im Vertrauen sagen
im Ernst, im Scherz, im Spaß
et. im guten regeln; im guten auseinandergehen = ohne Streit
einen Streit im guten beilegen
in hohen Tönen reden = hochtrabend, aufgeblasen (Art und Weise)
dagegen: *große Töne reden* = aufschneiden (Inhalt der Rede)
et. im Brustton der Überzeugung sagen, versichern
et. in Bausch und Bogen erledigen, ablehnen, verwerfen = pauschal, ohne Unterschiede zu machen
alles in allem = insgesamt
im (großen und) ganzen = *im allgemeinen*
im wesentlichen; im grunde
im einzelnen, im besonderen, insbesondere
im übrigen
im voraus
nicht im geringsten, nicht im entferntesten

im Durchschnitt = durchschnittlich
im Stillen dachte ich = bei mir selbst dachte ich
im Geheimen = insgeheim; *im Verborgenen*
et. im Vorbeigehen erwähnen, bemerken = en passant
in großer Zahl, in Scharen
in der Tat = tatsächlich
in Wirklichkeit
in Anbetracht, in Ansehung seines Alters usw. = mit Rücksicht
auf sein Alter

Verben mit präpositionalem Objekt

1. mit Akkusativ

einsteigen, eintreten in
sich fügen, sich schicken, sich ergeben in sein Schicksal usw.
einwilligen in, sich mischen in
sich vertiefen in
übersetzen ins Deutsche, Arabische
in jn dringen, et. zu tun = ihn dringend auffordern, bitten
(sich) teilen in
sich verlieben in
(sich) verwandeln in

2. mit Dativ

sich irren in der Straße, dem Datum usw.
mit jm übereinstimmen in einer Frage usw.
in jm einen Gegner, Konkurrenten sehen

Die zusammengesetzten Verben nehmen statt IN- das Präfix *ein-*, *hinein-* an und sind sämtlich trennbar.

NEBEN

Während *an* und *bei* eine unbestimmte Nähe bezeichnen, drückt NEBEN aus, daß zwei Personen oder Dinge sich Seite an Seite befinden, und zwar in gleicher Richtung (parallel).

Das Institut liegt neben der Nationalbank.
Ich setzte mich neben ihn = rein lokal: ihm zur Seite
     dagegen: ich setzte mich *zu* ihm = um mich mit ihm zu unterhalten
     Derselbe Unterschied besteht zwischen: ich saß *neben* ihm
                              ich saß *bei* ihm

Neben seiner lokalen Bedeutung hat NEBEN auch noch die Bedeutung *außer*:

> *Neben seinem regulären Verdienst hat er noch eine Menge Nebeneinnahmen durch Nebenarbeiten* = außer

Sind die beiden Gegenstände in Bewegung, so verstärkt man *neben* durch *her*:

> *Der Hund lief immer neben seinem Herrn her.*

i *nebenbei gesagt, nebenbei bemerkt* = übrigens

ÜBER

1. lokal

a) Als Angabe des Ortes und der Lage besagt ÜBER, daß sich etwas höher als etwas anderes befindet, ohne es zu berühren, im Gegensatz zu *auf*, das Berührung einschließt.

> *Die Stadt liegt 600 m über dem Meeresspiegel. – Familie Ahrens wohnt über uns. – Das Flugzeug fliegt über den Wolken, kreist über der Stadt. – Die Sonne geht über den Bergen auf. – Ihnen stürzte das Haus über dem Kopf zusammen.*

b) ÜBER bezeichnet auch die Bewegung parallel zu einer Oberfläche, mit und ohne Berührung. Emphatisch lautet es *über . . . hin.*

> *Ein Boot glitt über den See (hin). – Eine Schar Wildenten flog über den Sumpf (hin). – Ein Gewitter zog über das Land. – Der Sturm braust über das Meer.*
> *er strich, fuhr ihr (mit der Hand) über die Wange, das Haar*
> *große Tränen liefen, rollten ihm über die Wangen*
> *Er lachte über das ganze Gesicht.*
> *Es lief mir eiskalt über den Rücken* = vor Angst, vor Entsetzen

c) Drittens bezeichnet ÜBER eine Überquerung.

> *Der Junge klettert über die Mauer und springt über den Bach.*
> *er geht über die Wiese, die Straße, den Platz, die Brücke*
> aber: *durch den Garten, den Park, den Wald*
> *Der Verbrecher ist über die Grenze geflüchtet.*
> *der Weg führt über einen Fluß, einen Abhang, einen Berg, den Gipfel*
> *eine neue Brücke über die Donau*
> *Fahren Sie über Hamburg oder über Le Havre nach New York?*
> *die Fahrt geht über Stock und Stein; über Berg und Tal* = über manche Hindernisse
> *über einen Stein stolpern*
> *Mann über Bord!*

Übertragener und idiomatischer Gebrauch

alle Zweifel, Bedenken über Bord werfen = ablegen
Er ist längst über alle Berge = er ist schon weit fort
die Schwierigkeiten, Schulden wachsen ihm über den Kopf = übersteigen sein *Können, sein Vermögen*
jm über sein = ihm *überlegen sein*
jn über die Achsel ansehen = ihn verachten
jm über den Mund fahren = ihn zurechtweisen, maßregeln
den Stab über jn oder et. brechen = ihn, es verurteilen
über jedes Lob, über jeden Zweifel, über den Streit des Tages erhaben sein

s *Probieren geht über Studieren* = Erfahrung ist mehr wert als Gelehrsamkeit
Es geht ihm nichts über ein gutes Glas Wein =
ein gutes Glas Wein geht ihm, liebt er über alles
das geht über meinen Verstand, meine Kraft, meine Kräfte = übersteigt sie
Das geht über die Hutschnur = das ist zu viel, ist unverschämt
sich über eine Schwierigkeit, einen Tadel, ein Bedenken hinwegsetzen = sie nicht beachten
Ich bringe es nicht übers Herz, das zu tun = mein Gefühl läßt es nicht zu
alles über einen Leisten schlagen ⎫
alles über einen Kamm scheren ⎬ = alles mit dem gleichen Maßstab messen
Sie schlug die Hände über dem Kopf zusammen = vor Schrecken, vor Entsetzen
jm das Fell über die Ohren ziehen = jn schwer übervorteilen
Hals über Kopf et. tun = panikartig, übereilt
über Leichen gehen = in höchstem Grade rücksichtslos und egoistisch sein
jn über den Haufen rennen, schießen = ihn umrennen, niederschießen
et. über den Haufen werfen = vereiteln
Es kam wie ein Rausch über ihn.
Er sitzt immer über seinen Büchern.
über jn zu Gericht sitzen
eine Strafe über jn verhängen
niemanden über sich haben (wollen)
niemanden über sich anerkennen (wollen)
über den Parteien stehen = unparteiisch sein
darüber stehen = sich von et. nicht beeindrucken und beirren lassen
Er trug über seinem Mantel noch einen Umhang.
Er war über und über mit Schmutz bedeckt = ganz und gar
er ist über der Arbeit, dem Gespräch, der Predigt, dem Buch, der Lektüre eingeschlafen

über dem Spiel, dem Sprechen die Zeit vergessen
über dem Vergnügen die Pflicht vergessen, vernachlässigen
Ich lasse mir darüber keine grauen Haare wachsen = ich werde mir
keine allzugroßen Sorgen darüber machen

2. temporal

a) Vorgestelltes ÜBER

1. Als Angabe eines zukünftigen Zeitpunktes wird ÜBER heute nur noch in
stereotypen Wendungen gebraucht:

Übers Jahr sehen wir uns wieder = in einem Jahr
über kurz oder lang = früher oder später (vgl. übermorgen)

Dagegen heißt *heute über acht Tage, heute über drei Wochen* usw. in mo-
dernem Deutsch nur noch *heute in acht Tagen, in drei Wochen* usw. (vgl.
S. 67 IN Zeitpunkt).

2. Als Angabe der Dauer bezeichnet ÜBER gegenüber anderen Temporal-
präpositionen oder dem reinen Akkusativ mehr das Gelegentliche des Ge-
schehnisses:

Unser Besuch bleibt über Nacht.
ich fahre übers Wochenende, über Ostern, Weihnachten usw. zu
meinen Eltern
Ich werde das Buch über Sonntag lesen.
Vielleicht können Sie *die Sache über Mittag erledigen* = in, während der Mittagspause

b) Nachgestelltes ÜBER ist eine emphatische Bezeichnung der Dauer, es ent-
spricht dem *hindurch* und verstärkt den reinen Akkusativ (vgl. S. 11,4):

Es hat die ganze Nacht über geregnet. – Wir hatten die ganzen
Ferien über schönes Wetter. – Sie fahren den Sommer über aufs Land.
tagsüber, die Nacht über = am Tage, in der Nacht
Tagsüber regnete es, die Nacht über klärte es sich wieder auf.
dagegen: *über Nacht* = fig.: unversehens, plötzlich
über Nacht ist es Winter, über Nacht ist alles anders geworden

3. quantitativ in der Bedeutung von *mehr ... als*

Das Buch kostet über 100 DM. – Er ist schon über 50 (Jahre alt). –
Der Turm ist über 60 m hoch. – Es ist schon über zehn Jahre her.
et. geht über Erwarten gut = besser als erwartet
ein Glas über den Durst getrunken haben = zuviel
über die, über alle Maßen = außerordentlich, übermäßig
er ist über die Maßen eitel; et. über alle Maßen loben; auch: *es über*
den grünen Klee, es über Gebühr loben
über seine Verhältnisse leben = mehr Geld ausgeben als verdienen

4. Häufung wird durch ÜBER nur sehr selten bezeichnet:

Sie haben *Fehler über Fehler* gemacht. – Es geschahen *Wunder über Wunder.*

dagegen: *ein über das andere Mal* = jedes zweite Mal
ein (nicht einen!) *über den anderen Tag* = jeden zweiten Tag usw.

Adjektive

froh, glücklich, entzückt, begeistert über
betrübt, traurig, enttäuscht über
ärgerlich, böse, aufgebracht, zornig über
erstaunt, verwundert, verblüfft über
erschreckt, entsetzt, entgeistert über

Verben mit präpositionalem Objekt (sämtlich mit Akkusativ)

a) Verben des Herrschens

herrschen, gebieten, siegen, triumphieren über
  Herr, Herrschaft, Macht, Sieg, Sieger, Triumph, Befehl, Befehlshaber *über*

die Aufsicht führen über = beaufsichtigen   Aufsicht *über*
verfügen über   Verfügung *über*

b) Verben des Denkens und Redens

nachdenken, reflektieren, meditieren, sich Gedanken machen über
sich beraten, konferieren über
sich den Kopf zerbrechen über
reden, sprechen, berichten, schreiben über (vgl. S. 44 Anm.)
  Rede, Bericht, Essay, Artikel, Aufsatz, Buch *über*
sich äußern, seine Meinung äußern, urteilen, entscheiden über
  Äußerung, Meinung, Urteil, Entscheidung *über*
sich unterhalten, diskutieren, sich streiten über
  Unterhaltung, Gespräch, Diskussion, Streit *über*
Auskunft geben, erteilen über
schimpfen, spotten, herfallen über
(sich) informieren, (sich) unterrichten, (sich) verständigen über
sich einigen, sich einig werden über

c) Verben der Gemütsbewegung und ihrer Äußerung

sich freuen, sich ärgern, staunen, sich wundern über
sich schämen über, erröten über
erschrecken, sich entsetzen, außer sich sein über

lachen, weinen, klagen über
sich beklagen, sich beschweren über
sich aufhalten über jn oder *et.* = an jm oder et. etwas zu tadeln
finden

Nur *wachen über* in metaphorischer Bedeutung verbindet sich manchmal
mit dem Dativ. Und immer *brüten.*

er sitzt, brütet über seinen Aufgaben, Problemen

Die mit *über-* zusammengesetzten Verben sind zu einem kleinen Teil trennbar, zum größeren untrennbar und nach klaren Bedeutungsgruppen unterschieden.

1. trennbare Verben*)

a) hinüberwechseln auf die andere Seite

überfahren tr. + intr.; *übergehen* (zum Feind; in Gärung, in Fäulnis); *über-
laufen* (zum Feind); *übergreifen* (das Feuer greift auf die Nachbarhäuser
über); *überleiten* tr. + intr.; *übersetzen* tr. + intr.; *überspringen; übertreten*
(zu einer anderen Partei, Konfession, Religion)
Ein Teil dieser Verben ist deutlich elliptisch und eigentlich präpositional,
und nur durch Weglassung des präpositionalen Objekts entsteht der Schein
der Zusammensetzung. z.B. lautet die volle Konstruktion von *ich fahre,
setze über* natürlich *ich fahre, setze über den Fluß* usw. Dieser elliptische
Charakter ist besonders deutlich bei der folgenden Gruppe, die bedeutet

b) über den Rand treten

*überfließen; übergehen, -laufen; überkochen, -schäumen; übersprudeln; über-
strömen; übertreten; überwallen; überstehen; überhängen*

Auch die dritte Gruppe der trennbaren Verben ist elliptisch, indem sie bei
den Vorgängen des An- und Überziehens von Kleidungsstücken einfach das
präpositionale Objekt, den Körperteil, wegläßt.

c) = bedecken mit Kleidungsstücken

überhängen DA; überlegen DA; überstreifen (Handschuhe); *überstülpen*
(Hut); *überwerfen DA; überziehen A*

---

*) über für *übrig* ist kein gutes Deutsch, und statt überbehalten, überhaben, überlassen,
übersein sagt man besser *übrig behalten, übrig haben* usw.

2. untrennbare Verben

a) Überschreiten des Maßes (beachte: es gibt 3 trennb. Verben!)

(sich) überanstrengen; sich überarbeiten; überbelichten A; überbetonen A; überbürden A mit; (sich) übereilen; (sich) überstürzen; überfordern A; überfüttern A (auch fig.)*; überheizen; überkompensieren A; überladen A; überlasten A; sich übernehmen* = sich zuviel zumuten; *überschätzen A; überspannen* (idiom. *den Bogen überspannen* = es übertreiben); *übertreiben;* sein Konto *überziehen* = zuviel abheben

b) Bedecken (sämtlich tr.)

überbauen; überbrücken (auch fig.)*; überdachen; überdrucken; überfluten, überschwemmen; übergießen, überschütten; überhäufen; überkleben; übermalen; überschreiben* = eine Überschrift geben; *übertünchen* (auch fig.)*; überwölben, überwuchern, überziehen* (das Fenster ist mit einer Eisschicht *überzogen* – aber: er hat sich den Regenmantel *übergezogen)*

c) Überqueren (sämtlich tr.)

überfliegen; überklettern; überqueren; überschreiten; überspringen; übersteigen; übertreten (nur fig.: ein Gesetz, Gebot)
vgl. auch *übernachten, überwintern*

d) Überlegenheit (sämtlich tr.)

überbieten; überdauern, überleben; überfahren (auch fig.)*; überfallen; überflügeln; überführen* (jn einer Tat überführen)*; überholen; überkommen* (Schrekken überkam ihn), *übermannen* (der Schmerz übermannte ihn)*; überlisten; überragen; überraschen; überreden, überzeugen; überrumpeln; übertönen, überschreien; überstehen; übersteigen* (das übersteigt seine Kräfte, Begriffe)*; überstimmen; übertölpeln; übertreffen, übertrumpfen; übervorteilen; überwältigen, überwinden; überwiegen*

e) Überblick (sämtlich tr.)

überblicken, übersehen, überschauen, überfliegen (mit den Augen)*; überschlagen* (Kosten)*; überwachen*

f) Übergeben (sämtlich mit D + A)

überantworten; überbringen; übergeben; überlassen; überliefern; übermachen; übermitteln; überreichen; überschreiben; übersenden; übertragen; überweisen;
und das Gegenteil: *übernehmen A von*

g) Auslassung (sämtlich tr.)

übergehen; überhören; überlesen; überschlagen (eine Seite, Stelle); *übersehen; überspringen*

h) Kontrolle und Verbesserung (sämtlich tr.)

überarbeiten; überdenken, überlegen; überprüfen; überholen (einen Motor, eine Maschine); *überrechnen*

UNTER

1. lokal

> *Die Bergstation liegt 200 m unter dem Gipfel. – Ich habe einen Split-*
> *ter unter dem Nagel. – Wie lange können Sie unter Wasser bleiben?*
> *Das Land steht unter Wasser. – Die Temperatur sinkt unter Null.*
> *Unter der Mütze sehen seine Haare hervor.*
> *unter freiem Himmel übernachten*

Übertragener und idiomatischer Gebrauch:

> s *Es gibt nichts Neues unter der Sonne.*
> *mit jm unter einer Decke stecken* = mit ihm in geheimem Ein-
> verständnis sein
> *jn unter dem Deckmantel der Freundschaft betrügen*
> *jm et. unter die Nase halten, reiben* = ihm et. vorhalten
> *Komm mir (heute) nicht wieder unter die Augen!* = Laß dich
> (heute) nicht mehr sehen!
> *Man soll sein Licht nicht unter den Scheffel stellen* = man soll
> nicht zu bescheiden sein, soll seine eigenen Talente und Ver-
> dienste nicht verleugnen
> *jn unter den Tisch trinken* = mehr Alkohol vertragen können als er
> *et. unter den Tisch fallen lassen* = ausfallen lassen
> *alle(s) unter einen Hut bringen* = Übereinstimmung erzielen
> *seine Tochter unter die Haube bringen* = verheiraten
> *noch nicht unter der Haube sein* = noch unverheiratet sein
> *unter den Hammer kommen* = versteigert werden
> *das Schiff liegt, die Lokomotive steht unter Dampf* = abfahrbereit
> *Die Bergleute arbeiten unter Tage* = unter der Erde
> *jm et. unter dem Siegel der Verschwiegenheit mitteilen* = vertraulich
> *jm et. unter vier Augen sagen* = vertraulich
> *et. unter einem Vorwand tun*
> *unter falschem Namen reisen; unter anderem Namen bekannt sein*
> *noch ganz unter dem Eindruck eines Erlebnisses stehen*
> *unter dem Gesichtspunkt, daß . . .*
> *et. unter einem anderen Gesichtspunkt betrachten*

et. unter Strafe stellen
unter Strafe, Kontrolle, Aufsicht stehen
jn unter Druck setzen = nötigen, erpressen
unter Druck stehen, handeln
Sie schreiben uns unter dem 7. August, daß . . . = am 7. 8.
unter Karl dem Großen, unter seiner Regierung, unter den Franken
unter der fremden Besatzung
Das Konzert fand *unter der Leitung von Furtwängler* statt.
Es ist unter Ihrer Würde, so etwas zu tun. – *Ich halte es für unter meiner Würde*, das zu tun.
das Buch, der Film ist *unter aller Kritik* = außerordentlich schlecht

2. modal

Während *bei* zufällige, vom Geschehen unabhängige Begleitumstände nennt, bezeichnet UNTER im allgemeinen Umstände, die mit dem Geschehen in Zusammenhang stehen oder sogar vom Handelnden selbst herbeigeführt sind.

unter diesen, ähnlichen, verwandten, gleichen, anderen, allen, keinen Umständen
unter diesen Verhältnissen
unter keiner Bedingung = auf keinen Fall
wir kommen nur unter der Voraussetzung, Bedingung, daß das Wetter gut ist
der Prozeß, die Verhandlung findet unter Ausschluß der Öffentlichkeit statt
der Kranke starb unter großen Schmerzen, Qualen
der Verstorbene wurde unter Glockengeläut, unter großer Anteilnahme, großer Beteiligung der Bevölkerung zu Grabe getragen
unter Vorspiegelung falscher Tatsachen et. in seinen Besitz bringen
Berichten Sie unter Fortlassung alles Nebensächlichen!
die Expedition erreichte ihr Ziel *nur unter größten Schwierigkeiten, unter übermenschlicher Anstrengung, unter Aufbietung aller Kräfte*
er rettete den Ertrinkenden unter Einsatz seines eigenen Lebens, unter Lebensgefahr
Sie gestand *unter Tränen.*
Die Kinder verschwanden *unter Schreien und Lärmen.*

3. quantitativ = weniger als

Der Film ist für *Jugendliche unter 16 Jahren* verboten.
Unter 4 Mark kann man keinen ordentlichen Füller bekommen.
Er raucht nie *unter 20 Zigaretten* am Tag.
et. unter (dem Einkaufs-) *Preis verkaufen* = mit Verlust

4. Gemeinschaft (vgl. S. 81 ZWISCHEN)

»*Einer unter euch* wird mich verraten.« Mark. 14, 18
Unter den Zuschauern befanden sich viele Ausländer.
Der Dieb mischte sich unerkannt unter die Menge.
Unter den Schülern ist ein Streit ausgebrochen.
Die Erben haben alles *unter sich geteilt.*
Wir möchten gern *unter uns* sein = für uns allein
Das bleibt unter uns = darüber wollen wir nicht sprechen
unter uns gesagt = im Vertrauen gesagt
Dieser Ring ist 2000 DM unter Brüdern wert.

Verben mit präpositionalem Objekt

*leiden unter dem Kriege, den politischen Verhältnissen, der Welt-
lage, der Arbeitslosigkeit, dem Unverständnis der Mitwelt*
aber: *an* einer Krankheit
*seufzen unter den Qualen der Krankheit, dem Joch der Fremdherr-
schaft*
*verstehen unter: Was ist unter diesem Wort, Ausdruck zu verstehen?
Was soll man darunter verstehen?*
sich beugen unter das Schicksal, den Befehl, den Willen Gottes
fallen unter: Das Vergehen fällt unter § xy.

Zusammengesetzte Verben

1. trennbar

Die trennbaren Verben mit *unter-* sind wie die mit *über-* elliptisch, d. h. sie
entstehen durch Fortlassung des präpositionalen Objekts. So heißt z. B. *ich
fasse jn unter* eigentlich *ich fasse ihn unter den Arm,* oder *ich stelle mich unter*
heißt *ich stelle mich unter ein Dach* usw. Die trennbaren Verben beziehen sich
vor allem auf Kleidung, Untergang und Unterkunft:

*unterbinden, -breiten, -fassen, -graben, -halten, -legen, -mengen,
-mischen, -schieben, -ziehen*
untergehen, -sinken, -tauchen
unterbringen, -kommen, -kriechen, sich unterstellen

2. untrennbar

a) Überlegenheit

unterdrücken, unterjochen, unterwerfen A
unterliegen D
unterstehen D, unterstellt sein D

b) Verbot und Verhinderung

unterbinden A
untergraben, -wühlen, -höhlen, -minieren A (fig.)
unterbleiben intr. = nicht stattfinden; *unterlassen A*
unterbrechen A
untersagen DA

c) Lehren und Erkennen

jn unterrichten in einem Fach, *von* einer Sache
unterscheiden A, untersuchen A

d) Unterhaltung

jn unterhalten mit et.; sich mit jm unterhalten über et.
mit jm unterhandeln wegen, über et.
sich unterreden mit

e) Verschiedenes

untermauern A (auch fig. z. B. eine Hypothese)
unterstützen A
unterspülen A, unterhöhlen A
untermalen, unterschreiben, unterzeichnen, unterstreichen A
unterbreiten DA = vorschlagen DA
unterschieben DA, unterstellen DA
unterschlagen A
unterlaufen (nur von Fehlern und Irrtümern gebraucht):
   Hier muß ein Fehler unterlaufen sein.
   Mir ist ein Fehler unterlaufen.
sich einer Prüfung, Operation unterziehen
sich unterfangen, sich unterstehen, etwas zu tun = wagen
unternehmen A
unterbieten A, unterschätzen A

VOR

1. lokal

Ich werde vor dem Theater auf Sie warten. – Sie trat vor den Spiegel.
Er machte mir die Tür vor der Nase zu. – Weihnachten steht vor
der Tür = steht kurz bevor
8 *Jeder kehre vor seiner eigenen Tür!* = Jeder kümmere sich um
sich selbst!
Ich habe heute Abend noch einen weiten Weg vor mir.
er sang, brummte, lachte, sprach vor sich hin = ohne an seine
Umgebung zu denken
er sah, starrte, ging vor sich hin
Die Veränderung ging ganz langsam vor sich = vollzog sich

i *jn vor den Kopf stoßen* = ihn brüskieren
i *Er hat ein Brett vor dem Kopf* = er ist dumm
*er hatte immer sein Ziel, seine Pflicht, seinen Bruder, den schreck-
lichen Unfall vor Augen* = dachte immer daran
Halten Sie sich (immer) vor Augen, daß . . . = vergegenwärtigen
Sie sich (immer), daß . . .
Es war stockdunkel, *man konnte die Hand nicht vor Augen sehen.*
Da sei Gott vor! = Das möge Gott verhüten!
Gnade vor Recht ergehen lassen = für, anstatt
das Schiff geht, liegt vor Anker = wirft Anker, ankert
*die Vorstellung fand vor geladenen Gästen, vor ausverkauftem
(leerem) Hause statt*
s *Niemand ist groß vor seinem Kammerdiener.*
Herr A. muß *vor Gericht, vor dem Richter erscheinen;* sein Fall
kommt vor den Richter, vor Gericht
vor jm ein Geheimnis haben
vor jm keine Ruhe haben = ständig von jm belästigt werden
Vor ihm ist niemand sicher = er belästigt alle
›*Tausend Jahre sind vor Dir wie ein Tag.*‹ Psalm 90, 4
vor allen Dingen, vor allem

Beachte den Ausdruck: er ging, sang, lachte *vor sich hin* = selbstvergessen,
ohne die Umwelt wahrzunehmen

2. temporal (immer mit Dativ):

s *Man soll den Tag nicht vor dem Abend loben.*
s *Es kann vor Nacht leicht anders werden, als es am frühen Morgen
war.*
s *Hochmut kommt vor dem Fall.*
*vor 6 Uhr, vor vier Stunden, vor Sonnenaufgang, -untergang
vor Tagesanbruch, vor Anbruch der Dämmerung*
aber: vor *Ein*bruch der Dunkelheit, der Nacht
*heute vor acht, vierzehn Tagen; gestern vor einer Woche
vor einem Monat, vor vielen Jahren*
v. Chr. = *vor Christus, vor Christi Geburt*
Zwei Tage vor seiner Abreise wurde er krank.
Die anderen waren vor uns da.
vor alters, vor Zeiten = *vor langer, langer Zeit*
aber: *vor der Zeit* = zu früh; *er starb vor der Zeit* = jung
nach wie vor = immer noch

3. kausal

Das kausale VOR nennt die Ursache unwillkürlicher Handlungen (und Zustände), im Gegensatz zu *aus,* das die Ursache willkürlicher Handlungen
angibt (vgl. S. 29 AUS kausal).

sie zittert, ist blaß vor Furcht
  aber: sie lügt, versteckt sich *aus* Furcht
er ist *krank vor Eifersucht;* aber: er hat sie *aus* Eifersucht getötet
sie war *zu Tränen gerührt vor Freude;* aber: *aus* Freude über die
gute Nachricht umarmte sie ihn
weinen vor Freude, vor Schmerzen; schreien vor Schmerzen
zittern vor Kälte, Schrecken, Angst
rot vor Scham, Zorn; blaß vor Ärger, Wut, Neid
vor Freude, Begeisterung außer sich sein
sich vor Lachen nicht halten können; bersten, platzen vor Lachen
sterben vor Hunger, Durst, Heimweh, Langeweile
i *vor Not, Kummer, Schulden nicht aus noch ein wissen*
  ich konnte *vor Lärm, vor Schmerzen* nicht schlafen
  er konnte *vor Bestürzung, Angst, Schluchzen* nicht reden
i *Er sieht den Wald vor lauter Bäumen nicht* = unwichtige Einzel-
heiten verdecken ihm die Hauptsache

Verben mit präpositionalem Objekt (alle mit Dativ)

sich fürchten, sich ängstigen, bange sein, erschrecken, zittern vor
Furcht, Angst haben vor
sich schämen, sich scheuen, sich ekeln vor
sich verneigen, sich verbeugen, sich niederwerfen, aufstehen vor
(sich) erniedrigen, (sich) demütigen, (sich) blamieren vor jm
et. oder sich vor jm verantworten
sich hüten, sich in acht nehmen vor
(sich) schützen vor
fliehen vor, (sich) verbergen, (sich) verstecken vor
warnen vor
sich vor anderen auszeichnen, hervortun (durch et.)

Alle mit *vor-* zusammengesetzten Verben sind trennbar.

ZWISCHEN

ZWISCHEN hat vor allem **lokale** Bedeutung und bezeichnet die Mittellage
zwischen zwei Enden, Dingen, Personen.

Göttingen liegt zwischen Kassel und Hannover. – Zufällig kam er
zwischen den Präsidenten und den Minister zu sitzen. – Auf der
Autobahn zwischen Frankfurt und Mannheim passieren die meisten
und schwersten Autounfälle. – Die Temperatur schwankt zwischen
25 und 30°.

i Wenn du *zwischen den Zeilen* lesen kannst, wird dir klar sein, daß er ablehnt.

was *zwischen den Zeilen* steht = das unausdrücklich, indirekt Geschriebene

i *sich zwischen zwei Stühle setzen* = sich weder für die eine noch für die andere von zwei Möglichkeiten oder Parteien entscheiden und dabei beide Möglichkeiten verlieren, es mit beiden Parteien verderben

die Matte *zwischen die Tür* legen, damit sie nicht zuschlägt

den Fuß *zwischen die Tür* setzen

Übertragen auch **temporal**

Ich komme *zwischen drei und vier Uhr.*

Zwischen Weihnachten und Neujahr ruht die Arbeit.

Idiomatisches

i Der Verletzte *schwebt zwischen Leben und Tod.*

Was ist der Unterschied zwischen ›scheinbar‹ und ›anscheinend‹?

der Grenzvertrag zwischen der Türkei und dem Iran

Krieg, Kampf, Streit, Auseinandersetzung zwischen

Verhandlung, Vermittlung, Vertrag zwischen

Wahl zwischen

Beachte: bei Personen gebraucht man *zwischen* nur, wenn es sich um zwei Personen oder Gruppen handelt. Handelt es sich um mehrere, so setzt man *unter:*

der Streit *zwischen den beiden Brüdern*

aber: der Streit *unter den (vielen) Erben*

die Liebe *zwischen Eltern und Kindern, zwischen Mann und Frau*

aber: die Liebe *unter den Menschen*

i *es ist aus zwischen ihnen* = sie verkehren nicht mehr miteinander

aber: auch *unter Freunden* gibt es Mißverständnisse

vgl. S. 77 UNTER Gemeinschaft

4. Präpositionen mit dem Genitiv

Die Präpositionen mit dem Genitiv sind von allen Präpositionen die einfachsten und bedürfen nur einer kurzen Erläuterung, denn ihr Gebrauch ist eindeutig, sie bilden keine zusammengesetzten Verben, und es ist auch keine Idiomatik mit ihnen verbunden.

Die vier wichtigsten und gebräuchlichsten Genitiv-Präpositionen sind

(an)statt, trotz, während, wegen.

Von ihnen ist die Temporal-Präposition WÄHREND völlig unproblematisch, und nur zu den drei übrigen gibt es etwas anzumerken.

ANSTATT

Zwischen STATT und ANSTATT ist kein Unterschied, doch zieht die Umgangssprache das kürzere *statt* vor:

Statt eines Radios habe ich mir ein Magnetophon gekauft.

Bei Personalpronomen gebraucht man *an ... Stelle* für *anstatt*:

Ich komme *an seiner Stelle* (für: ich komme *statt seiner*).

Auch bei Personennamen ist

Ich komme *anstelle von Herrn Ahrens* gebräuchlicher als
Ich komme *statt Herrn Ahrens.*

Merke noch folgende amtliche Ausdrücke:

Bei einer Adoption sagt man:

Er hat die Waise an Kindes Statt angenommen.

Bei einer sog. eidesstattlichen Erklärung sagt man:

Ich erkläre (versichere) hiermit an Eides Statt ...

TROTZ

TROTZ wird auch mit dem Dativ verbunden (vgl. *trotzdem*):

Trotz des Regens gingen sie spazieren   oder
Trotz dem Regen gingen sie spazieren.

Der Genitiv ist jedoch vorzuziehen.

In literarischem Deutsch findet man für *trotz* manchmal die Präposition **ungeachtet:**

Ungeachtet aller Schwierigkeiten machte er sich an die Ausführung seines Vorsatzes.   Oder auch nachgestellt:
Aller Schwierigkeiten ungeachtet machte er sich ...

In beiden Fällen ist *ungeachtet* sehr gewähltes Deutsch.

WEGEN

WEGEN kann auch nachgestellt werden:
> *Wegen technischer Schwierigkeiten* muß die Eröffnung verschoben
> werden.   Oder:
> *Technischer Schwierigkeiten wegen* muß die Eröffnung ...

Neben dem allgemeinen **kausalen** Gebrauch von WEGEN gibt es auch vereinzelte Fälle, in denen *wegen* die Bedeutung von *bezüglich, betreffs* hat:
> *Wegen eines Stipendiums* müssen Sie sich an den Deutschen Akademischen Austauschdienst wenden.
> *Wegen dieser Angelegenheit* müssen wir den Chef fragen.

Bei Personalpronomen sagt man nicht *wegen meiner*, sondern
> *meinetwegen, deinetwegen, seinetwegen, ihretwegen*
> *unsret-, euret-, ihretwegen*

In der Umgangssprache gebraucht man »*Meinetwegen!*« oder »*Meinetwegen können wir es so machen!*« häufig als Ausdruck der Zustimmung oder auch Resignation gegenüber einem Vorschlag:
> *Meinetwegen!* = Von mir aus! = Ich habe nichts dagegen.

Beachte noch:
> *beliebt, bekannt, berühmt, berüchtigt, verschrien wegen*

und die Formeln:
> *von Amts wegen*
> *von Rechts wegen*

Die letztere auch figurativ gebraucht:
> *Von Rechts wegen müßte er schon hier sein* = eigentlich müßte er

Parallelformen zu *meinetwegen, deinetwegen* usw. sind
> *meinethalben, deinethalben, seinethalben* usw.

Ebenso verbindet sich *-halber* in der Bedeutung *wegen* mit Substantiven:
> *beispielshalber, krankheitshalber, ordnungshalber, vorsichtshalber*

In Verkaufsanzeigen liest man oft:
> *Umständehalber zu verkaufen.*

In literarischem und poetischem Deutsch findet man statt WEGEN gelegentlich noch die heute veraltete Präposition **ob**, die ursprünglich *über* bedeutete vgl. *Rothenburg ob der Tauber*:
> Man tadelte ihn *ob seiner Unvorsichtigkeit.* – Sie verwunderten sich *ob dieser Seltsamkeiten.*

Eng verwandt mit dem kausalen *wegen* ist das finale **um ... willen:**

i Ich habe das *um des lieben Friedens willen* getan = um keinen
   Streit zu verursachen
   Wir handeln gut *um des Guten, nicht um des Lohnes willen.*
   Um meiner selbst willen habe ich das getan.

Die nächste Gruppe bilden die sechs Lokal-Präpositionen

INNERHALB und **AUSSERHALB, OBERHALB** und **UNTERHALB,**
DIESSEITS und **JENSEITS**

zu denen nichts weiter anzumerken ist, als daß die beiden ersten auch
temporal gebraucht werden:

Außerhalb der Sprechstunden, der Unterrichtszeit ist Dr. A. nur
schwer zu erreichen.
Innerhalb dieser Woche wird die Arbeit fertig werden.

Statt *innerhalb* sagt man auch **binnen,** das man mit Gen. und Dat. ver-
binden kann:

Binnen eines Monats wird die Arbeit fertig sein   oder
Binnen einem Monat ...

Zwei weitere, aber wenig gebräuchliche lokale Genitiv-Präpositionen sind

UNWEIT und **LÄNGS**

Unweit der Brücke gibt es ein Gasthaus = nicht weit von ...
Längs des Seeufers stehen überall Bänke = am Seeufer (entlang)...

Längs wird nur für Aussagen der Ruhe gebraucht. Bei Bewegung sagt man
Wir fuhren *die Küste entlang* oder *an der Küste entlang* (Dat.!)

Teils dem **Amtsdeutsch,** teils dem gehobenen Deutsch gehören folgende
Genitivpräpositionen an:

KRAFT = aufgrund

bezeichnet den Rechtsgrund, aus dem etwas geschieht:

kraft seines Amtes, kraft seines Auftrages hat er das Recht ...

MITTELS oder **VERMITTELS**

bezeichnet das Mittel oder Werkzeug (nur für Sachen, nicht für Personen
gebraucht!) und steht besonders in der Amtssprache noch oft für *mit* oder
mit Hilfe:

Die Diebe öffneten die Tür mittels eines Nachschlüssels.
Vermittels einer genauen Analyse ist es uns gelungen, festzustellen...

VERMÖGE = aufgrund

bezeichnet (im Gegensatz zu *kraft*) die praktisch-tatsächliche Eigenschaft oder Fähigkeit, aufgrund deren etwas ist oder geschieht:

Vermöge seiner Stellung und *vermöge seiner Beziehungen* ist es für ihn sehr leicht, Ihnen zu helfen.

Vermöge ihrer zahlreichen Vorzüge haben die Plastikstoffe die Papier-verpackung immer weiter zurückgedrängt.

In der Umgangssprache kann man in allen Fällen genauso gut die Konstruktion mit *aufgrund* + Gen. gebrauchen.

ZUFOLGE = nach, gemäß

bezeichnet wie *laut* die Übereinstimmung, nur ist es weniger amtlich als dieses. Man gebraucht *zufolge*

vorgestellt mit dem Genitiv

nachgestellt mit dem Dativ:

Zufolge der neuesten Nachrichten ist der Ministerpräsident zurück-getreten.

Den neuesten Nachrichten zufolge . . .

Seinem Brief zufolge müßte er schon morgen hier sein.

Das nachgestellte *zufolge* ist vorzuziehen.

Im **Amts-, Handels- und Zeitungsdeutsch** finden sich noch folgende Präpositionen mit dem Genitiv, die die Umgangssprache im allgemeinen als schwerfällig empfindet:

ANGESICHTS

Angesichts so großer Schwierigkeiten ließ er von seinem Vorhaben ab.

Angesichts der Schwere der Krankheit ist größte Schonung erforderlich.

ANLÄSSLICH = aus Anlaß

Anläßlich (Aus Anlaß) des Philologenkongresses findet eine große Buchausstellung statt.

Die Firma machte *anläßlich (aus Anlaß) ihres 100 jährigen Geschäftsjubiläums* eine bedeutende Wohltätigkeitsspende.

Wir danken Ihnen herzlich für die uns *anläßlich unserer Hochzeit* erwiesene Aufmerksamkeit. (Dankschreiben offiziellen Stils)

BETREFFS, BEZÜGLICH, HINSICHTLICH

Betreffs Ihrer Anfrage vom 4. 5. teilen wir Ihnen mit = auf Ihre Anfrage

Bezüglich der Unkosten können wir noch keine genauen Angaben machen = über die Unkosten

Hinsichtlich der Wasserversorgung sind die dortigen Verhältnisse noch sehr rückständig = die dortige Wasserversorgung ist noch sehr rückständig

EINSCHLIESSLICH

Einschließlich aller Unkosten, Steuern und Abgaben ist zu zahlen

Beachte: bei bloßem Substantiv kein Genitiv-s:
Die Miete beträgt *einschließlich Strom und Wasser* ...
einschließlich Porto

SEITENS = von seiten

Seitens (Von seiten) des Presseamts verlautet = vom Presseamt wird mitgeteilt ...
Seitens der Schulbehörden wird eine allgemeine Unterrichtsreform angestrebt = von den Schulbehörden
Bei Personalpronomen sagt man
    meinerseits, deinerseits, seinerseits, ihrerseits
    unsrer-, eurer-, ihrerseits
Ich meinerseits habe nichts dagegen. – *Unsrerseits* ist die Sache klar.
vgl. auch: *einerseits, andrerseits!*

ZWECKS (im allgemeinen ohne Artikel)

Zwecks Verlängerung meines Passes muß ich zur Polizei = zur Verlängerung
Zwecks besserer Zusammenarbeit wurde eine Konferenz einberufen = zur besseren Zusammenarbeit

Außerdem gibt es noch eine Reihe feststehender Formeln, die mit dem Genitiv gebraucht werden. Es handelt sich überall um eine Präposition + Substantiv, nur daß die Schreibung variiert.

anstelle = anstatt	inmitten
aufgrund	im Schutze
auf Kosten	mit Ausnahme
auf seiten	mit Hilfe
auf Veranlassung	unter Berücksichtigung
aus Anlaß = anläßlich	unter dem Gesichtspunkt
in Anbetracht, in Ansehung	vom Standpunkt ... aus
im Falle	von seiten = seitens
infolge	zu(un)gunsten

5. Nachtrag

Der Vollständigkeit halber seien auch die wichtigsten formelhaften Verbindungen mit zwei Präpositionen aufgeführt. Wir beschränken uns auf die gebräuchlichsten und auf solche, die stereotyp sind. Natürlich gibt es eine große Menge von Zusammensetzungen, wie es z.B. der kausale Gebrauch von *aus* gut illustrieren kann:

aus Freude an, aus Abneigung gegen, aus Mitleid mit,
aus Entrüstung über, aus Furcht vor, aus Liebe zu . . . usw. usw.

Wir beschränken uns hier auf die stereotypen Wendungen:

auf dem Umweg über A
im Anschluß an A = unmittelbar nach (temporal)
in Bezug auf A = bezüglich G
im Einvernehmen mit
in Übereinstimmung mit
in Verbindung mit, im Zusammenhang mit
im Vergleich zu = verglichen mit; *im Verhältnis zu*
im Unterschied zu, im Gegensatz zu
mit Rücksicht auf A
ohne Rücksicht auf A
unter Verzicht auf A
unter Bezugnahme auf A = *bezugnehmend auf A* (Geschäftsbrief)
zum Schutz gegen

DORA SCHULZ – HEINZ GRIESBACH

Grammatik der deutschen Sprache
Neubearbeitung von Heinz Griesbach
XV, 475 Seiten, Linson, Hueber-Nr. 1011

»Die Genauigkeit, mit der die – man kann wohl sagen – erschöpfende Stoff-
fülle in dieser Grammatik verarbeitet ist, verdient ebenso hohe Anerkennung
wie die Wahl ihrer vorzüglichen Beispiele oder die Übersichtlichkeit der Ta-
bellen und Register: sichtbares Ergebnis auch der Arbeit an der weltbe-
kannten 〉Deutschen Sprachlehre für Ausländer. Grundstufe〈 der beiden Ver-
fasser.«

Wirkendes Wort

»Diese Grammatik stammt aus der Feder zweier erfahrener Praktiker des
Deutschunterrichts für Ausländer. Das Buch fußt auf jahrelanger Unter-
richtsarbeit und vermittelt die Grammatik der gepflegten Umgangssprache
unserer Tage an Ausländer.«

Kultus und Unterricht

KLÄRE MEIL – MARGIT ARNDT

ABC der starken Verben
142 Seiten, kart., Hueber-Nr. 1058

KLÄRE MEIL – MARGIT ARNDT

ABC der schwachen Verben
179 Seiten, kart., Hueber-Nr. 1091

»Bedeutungsgehalt und Rektion der Verben wird in diesen Bändchen leicht
verständlich dargestellt. Es ergeben sich die wichtigsten Anwendungsmöglich-
keiten, und zwar im allgemeinen wie auch im idiomatischen und halbidioma-
tischen Bereich.«

Institut für Auslandsbeziehungen

MAX HUEBER VERLAG ISMANING BEI MÜNCHEN